니콜로 장편 소설

FUSION FANTASTIC STORY

ARENA

아레나
이계사냥기

아레나, 이계사냥기 6

니콜로 장편 소설

초판 1쇄 찍은 날 § 2015년 6월 12일
초판 1쇄 펴낸 날 § 2015년 6월 19일

지은이 § 니콜로
펴낸이 § 서경석

편집책임 § 박은정

펴낸곳 § 도서출판 청어람
등록번호 § 제387-1999-000006호
등록일자 § 1999. 5. 31
어람번호 § 제1-2148호

주소 § 경기도 부천시 원미구 부일로 483번길 40 서경B/D 3F (우) 420-822
전화 § 032-656-4452 팩스 § 032-656-4453
http://www.chungeoram.com
E-mail § chungeorambook@daum.net

ISBN 979-11-04-90269-7 04810
ISBN 979-11-04-90152-2 (세트)

FUSION FANTASTIC STORY

니콜로 장편 소설

ARENA

아레나
이계사냥기

6

도서출판 청어람

ARENA
아레나
이계사냥기

CONTENTS

1장

합성

오랜만에 한자리에 모인 우리 식구는 맥주를 잔뜩 사 들고 와 마시며 이야기꽃을 피웠다. 집에 대한 문제도 대충 둘러댔다. 예전에 현지에게 들려준 스토리를 다시 썼는데, 친구들의 창업에 자금을 댔는데 대박이 났다고 했다.

"전에 태조산에서 구해줬던 이사 있잖아. 나 취직시켜 준 분."

"그래그래."

"그분이 힘을 좀 써주셔서 친구들이 세운 회사를 하청업체로 써주셨어. 덕분에 초기 자본금 투자한 나도 돈이 쭉쭉 벌리고 있지."

다행히 의심쟁이인 누나는 차지혜와 입씨름을 하다가 지쳤는지 딴죽을 걸지 않았다. 사실 동생이 돈 벌었다는데 무슨 딴죽을 걸겠는가? 내가 사기 같은 범죄로 돈 벌 위인이 못 된다는 것도 뻔히 알 텐데.

엄마는 손뼉을 치며 기뻐했다.

"어머머, 정말 됐다, 아들! 돈도 있고 여자도 있고, 이제 엄마한테 손주만 안겨주면 되겠네!"

"또 그놈의 손주 타령이지."

"아들도 엄마 나이 돼 봐."

그러면서 엄마는 은근슬쩍 차지혜에게 가까이 다가와 물었다.

"그쪽은 혹시 나이가 어떻게 되세요?"

"스물아홉입니다. 말씀 편히 하십시오, 어머님."

"호호, 그럴까? 어머님 소리가 참 듣기 좋네. 우리 새아가도 딱딱한 말투 쓰지 말고 편히 말하렴."

"전 이게 편합니다. 듣기 안 좋으시다면 죄송합니다."

아레나에서 15년 이상을 보냈건만 끝내 군바리 말투는 벗지 못한 차지혜였다.

······그런데 방금 '새아가'라고 부른 거 맞지?

"호호호, 듣기 안 좋긴. 똑 부러지고 좋네."

"감사합니다."

"그나저나 스물아홉이면 이제 슬슬······ 그치?"

"무엇이 말입니까?"

"우리 새아가는 언제 결혼할 생각이야?"

"생각 없습니다."

차지혜는 눈 하나 깜짝하지 않고 단호하게 말했다.

"어, 어머머, 왜?!"

차지혜의 돌직구에 충격받은 엄마.

"죄송합니다. 저는 독신으로 살 생각입니다. 현호 씨도 같은 생각이라 마음이 맞아서 사귀게 됐습니다."

"아, 아들!"

엄마가 울상이 되어서 나를 바라보았다.

"아들이 독신주의자였어?"

"어, 으, 응."

갑자기 추가된 설정에 당황한 나는 떨떠름한 표정으로 대답했다.

"아들이 웬 독신주의야? 그동안 능력이 없어서 여자를 못 만난 거 아니었어?"

"그, 그랬는데 생각해 보니까 굳이 결혼을 서두를 필요가 있을까 싶더라고."

충격으로 멍해진 엄마. 누나와 나, 현지 삼남매를 스윽 둘러보더니 망연자실하여 한탄을 한다.

"하나는 결혼을 못 하고, 하나는 결혼을 안 하고, 남은 하나는 취직도 못 하고……."

면목이 없는 우리 삼남매는 일제히 고개를 숙였다.

엄마는 현기증으로 털썩 드러누웠다.

"다 틀렸어. 난 결국 손주 하나 못 보고 죽겠지. 옆집 편의점

네 딸은 벌써 결혼해서 자식을 둘이나 낳았다고 자랑을 해대는데…….”

그놈의 편의점 아줌마! 늘 이런 식이다. 엄마는 장사 잘된다고 자랑하고, 편의점 아줌마는 손주가 둘이라고 반격하고.

＊　　　＊　　　＊

우리 가족은 술을 퍼마시고 뻗어버렸다. 마리도 정신연령은 어린 주제에 맥주를 굉장히 좋아했다.

다음 날 아침에 깨어나 보니 소파 위였다. 옆에는 찰싹 붙어서 잠든 마리가 있었다. 안겨 있는 마리를 떼어내려 했더니, 무슨 뱀처럼 팔다리로 날 휘감고 놓지를 않았다.

떼어내려 해고 떼어낼 수가 없었다. 주짓수냐?!

“마리 씨, 깨어 있죠?”

“쿠울…… 쿨…….”

“갑자기 코 고는 소리를 내도 소용없어요.”

“헤헤.”

마리가 번쩍 눈을 떴다. 큼직하고 푸른 눈동자가 반짝반짝 빛나서 귀엽다. 금발에 푸른 눈동자, 하얀 피부의 백인 미녀. 마리는 오딘의 딸 벨라의 성인 버전 같았다. 벨라도 크면 이렇게 예뻐지겠지. 그래서 오딘이 마리를 딸처럼 챙겨주는 것인지도 모른다.

나는 마리를 떼어내고 집을 둘러보았다. 내 방에 가보니 킹 사이즈 침대에 엄마, 누나, 현지가 뒤얽힌 채 자고 있었다.

그리고 부엌에서는…….

"지혜 씨?"

"일어나셨습니까?"

순간 나는 내 눈을 의심했다. 차지혜가 앞치마를 입고 요리하는 광경은 그만큼 충격적이었다. 저런 여성스러운 모습의 차지혜는 난생처음이었다.

"요리할 줄 아세요?"

"평생 혼자 살았는데 당연하지 않습니까."

생각해 보니 그러네. 너무 의외라서 나는 요리하는 차지혜가 신선해 보였다. 그래서 나도 모르게 식탁에 앉아서 요리하는 그녀의 모습을 구경했다.

차지혜도 내 시선에 개의치 않고 요리를 계속했다. 두부가 들어간 된장찌개와 숙취 해소에 좋은 콩나물국이 척척 식탁에 차려진다.

"가족분들을 불러오십시오."

"네."

나는 가족들을 깨워서 부엌으로 끌고 왔다. 세 모녀는 부스스한 얼굴과 반쯤 넋이 나간 눈으로 식탁에 앉혀졌다.

"새아가가 차렸니?"

"예, 어머님."

"한번 맛 좀 볼까?"

엄마가 먼저 숟가락을 들어 콩나물국을 맛보았다. 그리고는 흐뭇해하며 고개를 끄덕였다.

"정말 맛있네. 우리 새아가 시집 와도 되겠다."

"결혼 안 합니다."

"흑……."

거침없는 돌직구에 은근슬쩍 작업 걸던 엄마는 또다시 상처 받았다. 천하의 얼음여왕인 누나조차도 그런 차지혜의 거침없는 뻔뻔함에 살짝 질린 표정이었다.

현지는 엄마에게도 누나에게도 기 싸움에서 안 밀리는 차지혜에게 동경 어린 시선을 보내고 있었다. 넌 취직이나 하렴.

식사는 맛있었다. 평범한 가정의 일상적인 식사. 민정과 이별하고 나서는 이런 평범한 식사가 정말 오랜만이었다.

식사를 마치고 엄마와 누나, 현지는 집을 떠났다.

"아들 잘 있어. 또 올 테니까 엄마 보고 싶어도 참아."

"응, 엄마 보고 싶어서 눈물 날 거야. 다음에 올 땐 반찬이나 잔뜩 가져와."

"그래그래. 새아가도 잘 있고."

"예, 안녕히 돌아가십시오, 어머님."

"결혼 문제도 한번 생각해 보고."

"안 합니다."

"흑!"

엄마는 끝까지 상처를 입으며 떠났다. 그렇게 한바탕의 폭풍이 지나가고, 나는 운동 삼아 마리와 대련을 했다.

마리는 여전히 날렵하게 움직이며 전후좌우를 가리지 않고 나를 교란시켰다.

체력보정 중급 5레벨에 운동신경 상급 1레벨, 상급 정령술로 인해 대자연의 기운까지 있음에도 나는 마리에게 쩔쩔맬 수밖에 없었다.

너무나도 변칙적인 마리의 공격을 따라가기 힘들었다. 암살자답게 마리는 순간적으로 내 시선에서 벗어나 버리는 움직임을 선보이곤 하는 것이었다.

정타(正打)는 허용하지 않았지만 나는 방어와 회피 위주의 밀리는 형세에서 벗어날 수가 없었다.

'이론상으로 내가 밀릴 이유가 없는데.'

체력보정 중급 5레벨.

운동신경 상급 1레벨.

정령술 상급 1레벨.

아마 카르마 총량으로 따져도 내가 마리를 추월했다고 생각된다. 그녀는 아직 메인스킬인 오러 컨트롤을 상급까지 올리지 못한 눈치였으니까.

당최 내가 밀리는 이유를 알 수 없어서 차지혜에게 상담을 청했다.

차지혜는 의외로 쉽게 해답을 주었다.

"동체시력입니다."

"동체시력이요?"

"제가 보기에 요한나 씨는 동체시력이 타고났습니다. 숱한 실전을 거쳐서 그게 더욱 단련되었습니다."

"동체시력이 그렇게 중요한가요?"

"동체시력이 좋다는 건, 기본적으로 공방이 오가는 찰나의 순간에 김현호 씨보다 더 많은 걸 보고 판단한다는 뜻입니다. 시간이 느리게 간다면 이해되십니까?"

"아!"

"보통 천재라 불리는 격투기 선수들이 가진 재능이 바로 그것입니다. 다른 건 훈련으로 단련할 수 있어도 동체시력은 한계가 있으니까요."

"그럼 기술적으로 제가 부족한 건 아니라는 뜻인가요?"

"예, 움직임 자체는 굉장히 탁월했습니다. 기술적인 측면은 운동신경 스킬로 충분해 보입니다."

"그럼 동체시력을 강화하는 스킬은 없나요?"

아직 나에게는 1,500카르마가 남아 있었다. 혹시 몰라서 안 쓰고 있었는데 동체시력 강화에 써야 할 듯했다.

마리와 싸워도 이런데, 리창위는 어떻겠는가?

중국 최강자이며 세계 톱클래스로 추정되는 리창위. 시험자 이전에 이미 무술의 고수였다는 그는 훨씬 힘든 상대일 터였다.

"시력을 강화하는 보조스킬은 있습니다만 동체시력과는 무관한 걸로 알고 있습니다."

"시력을 강화하는 보조스킬이 있어요?"

"시력보정이 있습니다. 시력이 안 좋은 시험자가 종종 습득하곤 합니다."

시력보정이라…….

순간 나는 내 사기 같은 특수스킬인 스킬합성을 떠올렸다.

운동신경 역시 체력보정과 길잡이 두 가지 보조스킬을 합성해서 탄생했다. 그럼 그 시력보정이라는 보조스킬을 길잡이와 합성하면 동체시력이 탄생하지 않을까?

생각 끝에 나는 석판을 소환한 뒤에 말했다.

"시력보정을 보여줘."

그러자 석판의 글씨가 꿈틀거렸다.

―시력보정(보조스킬): 시력을 강화합니다.

＊초급 1레벨: 시력 1.0 (―100)

―잔여 카르마: +1,500

'시력 1.0이라.'

내 좌우 시력이 0.5, 0.4에서 계속 떨어지고 있었는데 안경이 필요 없겠군. 그럭저럭 괜찮아 보였다.

나는 100카르마로 시력보정을 습득했다.

"스킬합성."

―합성에 사용할 스킬이나 아이템을 선택하십시오.

1. 합성 가능한 스킬: 정령술(실프), 정령술(카사), 체력보정, 길잡이, 순간이동, 시력보정.

2. 합성 가능한 아이템: AW5MF, 닐슨 H2(2정), 357매그넘탄(5발).
*합성에 사용한 아이템은 소멸됩니다.

순서대로 합성을 시도해 봐야겠다.

―정령술(실프)과 시력보정(보조스킬)을 합성합니다.
―합성 실패.

―정령술(카사)과 시력보정(보조스킬)을 합성합니다.
―합성 실패.

―체력보정(보조스킬)과 시력보정(보조스킬)을 합성합니다.
―합성 실패.

3연속 실패.
물론 여기까지는 기대도 안 했다. 중요한 건 이제부터였다.
"길잡이와 시력보정을 합성한다."

―길잡이(보조스킬)와 시력보정(보조스킬)을 합성합니다.

'제발! 제발!'
나는 기도했다. 그러자,
파앗!

석판에서 빛이 뿜어져 나왔다. 이건 성공했을 때의 반응이었다. 이윽고 석판에 스킬이 나타났다.

─합성 성공. 동체시력(합성스킬)을 습득했습니다.
─동체시력(합성스킬): 빠르게 움직이는 대상을 잘 볼 수 있습니다.
  *초급 1레벨

'됐다!'
나는 속으로 환호했다. 딱 필요했던 스킬이 만들어졌기 때문이다. 초기 목적을 완수한 나는 계속해서 시력보정을 다른 스킬과 합성해 보았다.
"순간이동과 시력보정을 합성한다."

─순간이동(보조스킬)과 시력보정(보조스킬)을 합성합니다.

파앗!
또다시 석판에서 뿜어져 나오는 빛. 설마?

─합성 성공. 투시(합성스킬)를 습득했습니다.
─투시: 장애물 뒤에 숨은 대상을 볼 수 있습니다. '투시'라고 말하면 발휘됩니다.
  *초급 1레벨: 효과 3초, 쿨타임 6분

'헐.'

이것도 내게 필요했던 스킬이었다. 벽 뒤에 숨은 적을 확인할 때 아주 유용할 듯했다. 특히 대물 저격소총 AW50F는 웬만한 벽쯤은 관통해 버리고 적을 사살할 수 있기 때문에 투시와 시너지효과가 기대된다.

'자, 그럼 이제 스킬끼리 합성하는 건 전부 시도해 보았는데. 아이템이랑 한번 합성해 볼까?'

나는 아이템 중에 357매그넘탄 5발이 남아 있는 걸 보았다. 전에 아이템화해서 사격, 탄약보정, 리로드 등을 합성하고서 남은 탄환들이었다.

정말 궁금한데. 이 탄환이랑 시력보정이랑 합성하면 뭐가 나오려나?

한번 시도해 보기로 했다. 실패하면 그만이니까.

"시력보정과 매그넘탄을 합성한다."

그러자…….

―합성 성공. 궤도감지(합성스킬)를 습득했습니다.
―357매그넘탄 1발이 소멸됩니다.
―궤도감지(합성스킬): 적의 원거리 공격의 궤도를 미리 볼 수 있습니다.

레벨이 보이지 않는 걸 보니 리로드와 마찬가지로 레벨을 올릴 수 없는 스킬인 듯했다.

'재미있는 스킬이네.'

적의 원거리 공격 궤도를 미리 볼 수 있다니. 그럼 누군가가 나를 저격할 때, 그 탄도(彈道)가 미리 나타난다는 것이 아닌가.

'어라? 생각해 보니 정말 끝내주는 스킬 아냐?

적이 안 보이는 곳에 숨어서 원거리 무기로 암습한다는 건 아주 무서운 일이었다.

바로 내가 그 대표적인 예다.

지난 7회차에서 사기 같은 저격으로 타락한 시험자를 6명이나 사살하지 않았는가!

내가 어떤 무기로 언제 어떻게 공격할지 전혀 모르니까 그들은 일방적으로 당할 수밖에 없었다.

반대로 나 역시 그런 위험에 당할 수 있다. 아레나에서도 총기류는 없더라도 활이나 마법은 물론 마리처럼 단검을 투척하기도 하니까.

그런 의미에서 이 궤도감지 스킬은 아주 대단한 안전장치였다. 누군가가 숨어서 원거리 무기로 기습하려고 하면 궤도가 나타난다. 당연히 알아차리고 피할 수 있다.

"모든 스킬을 보여줘."

─시험자 김현호가 습득한 모든 스킬을 보여드립니다.

─메인스킬: 정령술(상급 1레벨).

—보조스킬: 체력보정(중급 5레벨), 길잡이(초급 1레벨), 순간이동(중급 1레벨), 시력보정(초급 1레벨).

　—특수스킬: 스킬합성.

　—합성스킬: 바람의 가호(마스터), 불꽃의 가호(초급 1레벨), 운동신경(상급 1레벨), 생명의 불꽃(중급 4레벨), 투과(초급 1레벨), 가공간(중급 1레벨), 사격(초급 1레벨), 탄약보정(마스터), 리로드, 동체시력(초급 1레벨), 투시(초급 1레벨), 궤도감지.

　—잔여 카르마: +1,400

만족스러운 능력치였다.

나는 1,300카르마를 써서 동체시력을 중급 1레벨까지 올렸다. 그리고 남은 100카르마는 일단 놔둬보기로 했다.

"마리 씨!"

"응!"

"한 번 더 붙어 봐요. 이번에는 조금 다를 거예요."

"응, 또 놀자."

그녀에게는 나와의 대련이 술래잡기 비슷한 놀이였던 모양이다.

마리는 또다시 거침없이 덤벼들었다. 한 번에 다가오지 않고 잠깐 멈칫하는 특유의 엇박자가 나를 교란시켰다.

'늘 이런 식으로 내가 정확한 타이밍을 잡지 못했지.'

제대로 된 타이밍에 대응을 못하니, 자연히 상대에게 끌려다니게 되는 것이었다.

하지만 이번에는 달랐다.

부웅!

잠깐 멈칫거리나 싶더니 곧바로 턱밑까지 파고든 마리가 주먹을 뻗었다. 주먹이 무슨 총알처럼 날아든다. 그러나 나는 고개를 옆으로 돌려 피해냈다. 동시에 다른 손으로 그녀의 뒷덜미를 붙잡았다.

"......!"

놀란 마리는 제자리에서 뒤로 공중제비를 돌며 내 손을 뿌리쳤다. 정말 물 찬 제비처럼 날렵하다. 뒤로 거리를 벌린 마리는 뭔가 이상하다 싶어 고개를 갸웃거리더니, 다시금 덤볐다.

파파팟!

좌, 우, 좌, 우, 지그재그로 스텝을 밟자 그녀의 신형이 두 개로 보일 지경이었다. 하지만 나는 그녀의 발차기가 오른쪽에서 온다는 것을 알았다.

중급 1레벨의 동체시력이 나에게 여유를 주었다. 찰나의 순간, 마리의 미세한 공격 준비 동작을 포착하고 대비할 수 있었던 것이다.

시간이 느리게 흘러가는 것 같다는 차지혜의 말대로였다.

짧은 시간 안에 더 많은 걸 보고 어떻게 대응할지 생각할 수 있게 되었다. 피하기만 하다가 나는 슬슬 레프트로 잽을 던지며 반격에 나섰다.

잽으로 견제하면서 서서히 앞으로 전진. 거리를 좁혀 압박하며 마리의 동선을 제한시키는 데 주력했다.

대련은 결국 팽팽한 상태로 끝났다.

"이제 재미없어."

마리가 입술을 삐죽 내밀며 투덜거렸다. 이제 마음먹은 대로 일방적으로 몰아붙일 수가 없으니 재미없을 수밖에.

반면 나는 충분히 만족스러웠다. 동체시력을 습득해서 중급 1레벨까지 올린 효과를 곧바로 확인했기 때문이다.

그 뒤로 단조로운 하루가 이어졌다.

아침에 일어나 식사를 하고 나면 마리, 차지혜와 번갈아가며 대련을 했다.

집안일은 거의 차지혜의 몫이었다.

의외였다.

그녀는 장을 보고 요리를 하는 데 능숙했다. 심지어 오븐으로 빵이나 쿠키까지 구웠다.

'무슨 요리 스킬이라도 익힌 거 아냐?'

그런 의심이 들 정도였다. 평소 그녀의 이미지에 전혀 어울리지 않는 특기 아닌가.

"저, 가정부를 고용할까요?"

"필요 없습니다."

"힘드실 텐데."

"전혀 안 힘듭니다."

"그래도 좀 죄송해서요."

"요리 좋아합니다."

"의외네요?"

"실례입니다."

"아, 죄, 죄송합니다."

쩔쩔매는 나에게 차지혜는 언뜻 희미한 미소를 잠시 지었다.

"원래는 그다지 안 좋아했는데, 사람이 많으니 보람이 있습니다."

때마침 마리가 부엌에 달려와 소리쳤다.

"마카롱 만들어줘!"

"곧 식사 때입니다."

"밥 싫어! 마카롱!"

어린아이처럼 떼를 쓰는 마리.

"마카롱 3개를 드시겠습니까, 밥을 먹고 6개를 먹겠습니까?"

순간 마리는 조삼모사의 원숭이처럼 갈등했다.

"밥 먹고 6개……."

"알겠습니다."

마리는 뭔가 속았다는 얼굴로 부엌을 떠났다.

"어린아이를 잘 다루시네요?"

"고아원에서 지낼 때 어린애가 한둘이 아니었습니다."

"아…… 고생 많이 하셨겠네요."

"별로. 제가 무에타이를 배우고 나서는 다들 말을 잘 들었습니다."

"……."

무에타이와 애들을 돌보는 게 무슨 상관일까 하다가 나는 두려움에 질렸다. 그녀는 타고난 군인인지도 몰랐다.

어쨌든 그렇게 평화롭게 하루하루가 흘렀다.

＊　　　＊　　　＊

연일 질책을 받은 리창위는 기분이 좋지 않았다. 공산당 간부들이 하나같이 몸이 달아 있었다.

어떤 병이든 완쾌시켜 주는 능력을 가진 시험자!

박진성 회장의 완쾌 사실이 알려지면서부터 그들은 줄곧 리창위를 채근해 왔다.

"어서 그자를 손에 넣어야 한다."

"우리 중국의 미래에 반드시 필요한 인재다!"

리창위는 그들의 속내를 모르는 게 아니었다. 늙은 공산당 간부들은 무엇보다도 자신들의 건강에 신경 쓰고 있었다.

권력도 재산도 가진 게 워낙 많으니 가장 탐나는 건 수명인 것이다.

'김현호가 불노장생이라도 가져다줄 거라고 생각하나 보지? 운동도 안 하는 게으른 돼지들이.'

식습관도 못 고치면서 뒤뚱거리며 태극권 흉내를 내는 꼴을 볼 때마다 때려죽이고 싶은 기분이 들곤 했다.

리창위는 스스로도 정의로운 사상관이 없었지만, 존경할 만한 구석이 조금도 없는 자들의 지배를 받는 것이 달갑지 않았다.

한 손에 두개골을 깨부술 수 있는 버러지들에게 이래라저래라 명령을 들을 때마다 분노가 치민다.

어째서 강자가 아닌 자들에게 지배당해야 하는가?

'중국 시험자들의 구심점이 되기 위해 그들과 결탁하긴 했지만, 언제까지고 앞잡이 노릇을 할 생각은 없다.'

리창위는 힘을 키우며 때를 기다리고 있었다. 현재의 지배체계를 뒤엎고 권좌에 오를 그날을 잠자코 기다리는 리창위였다.

'하지만 일단은 굽히고 있어야지.'

공산당 간부들의 명령이 아니더라도, 김현호는 손을 봐줘야 할 필요가 있었다.

지나치게 성장했다. 강해지는 속도가 너무 빠르다.

붙잡아 중국에 데려가든 아니면 싹을 제거하든 해야 한다.

리창위는 베이징 수도 국제공항으로 이동했다. 티켓을 끊고 시간을 기다리고 있을 때였다.

문득 전화가 와서 핸드폰을 꺼내보았다.

'누구지?'

모르는 번호였다. 일단은 받아보았다.

"누구시오?"

─리창위?

아레나의 언어가 젊은 남자의 목소리로 들려왔다.

"누구시오?"

─오딘.

리창위의 눈빛이 차갑게 가라앉았다.

"노르딕 시험단의 오딘이시군."

―그렇소.

"지난번에는 데포르트 항구에서 우리가 신세를 많이 졌다고 들었소."

―잘 모르겠군. 해적을 때려잡았을 뿐인데 혹시 그중에 그쪽 사람이 끼어 있었소?

"모르면 됐소. 아레나에서 벌어진 일은 아레나에서 해결하면 되니까."

―마음대로 하시오.

"날 도발하려고 전화한 건 아닐 테고, 무슨 일이오?"

―지금 공항에 계시더구려.

그 말에 흠칫한 리창위가 주위를 곁눈질했다.

'감시가 있나?'

그러나 리창위는 대수롭지 않게 대꾸했다.

"그런데?"

―혹시 타시려는 비행기가 한국행은 아니시겠지?

뇌리로 김현호가 스쳤다. 놈이 노르딕 시험단과 긴밀한 관계를 유지하고 있다고 들었다.

"맞으면 어쩔 거요?"

―어쩌긴. 한국 관광을 하시겠다는데 참견할 일이 뭐 있겠소? 다만…….

오딘의 말이 이어졌다.

―한국에 목숨보다 큰 빚을 진 친구가 있는데, 안부를 전해

달라고 전화했소.

"안부라……."

오딘의 메시지는 분명했다.

김현호를 건들지 마라.

'지금 경고를 하고 있는 건가? 이 리창위에게?'

리창위의 눈빛이 사납게 빛났다.

"까놓고 얘기하지. 조금 승승장구하더니 기고만장해지셨군. 죽고 싶나? 너 같은 놈 두셋이 덤벼도 날 당해낼 성싶으냐?"

―두셋까지도 필요 없을 것 같소만.

"호오? 진담인지 다음 시험에서 꼭 확인하고 싶군."

―아레나에서라면 더더욱 당신이 두렵지 않소.

'무슨 뜻이지?'

리창위의 머릿속이 복잡해졌다.

비약적으로 강해질 수 있는 무언가를 얻기라도 한 건가?

그렇지 않고서야 감히 자신에게 이렇게 도발적으로 말할 수는 없었다. 아무리 현실에서나 아레나에서나 명성을 떨치고 있는 오딘이라 해도 말이다.

'경솔한 남자가 아닌데, 이렇게까지 나온다?'

―아무튼 난 분명히 이야기했소. 노르딕 시험단의 소중한 친구를 해하려 들지 마시오.

리창위는 거칠게 통화를 끊었다.

분노가 끓었지만, 그런 감정과 달리 머릿속은 차가워졌다.

'노르딕 시험단이 이렇게까지 김현호를 보호한다고?'

개인적인 친분만이 아니다. 아무리 오딘이 어떤 신세를 졌다 해도, 그가 노르딕 시험단의 이름을 걸고 본격적으로 중국과 대립하려 들지는 못한다.

노르딕 시험단이 공식적으로 김현호를 보호하기로 했다는 뜻인데, 그렇다면 왜일까?

'우리 중국 시험단과 적대하는 것을 감수할 정도로 김현호가 가치 있다는 건가?

무언가 이상했다.

'내가 모르는 무언가가 더 있어.'

더더욱 한국에 직접 가야 할 필요성이 높아졌다.

시간이 되자 리창위는 인천행 비행기에 몸을 실었다.

*　　*　　*

한가한 저녁이었다.

나는 소파에 누워 TV를 보고 있고, 마리는 내가 소환해 놓은 정령들과 놀았다. 차지혜는 노트북으로 무언가를 유심히 보고 있는데, 뭘 보냐고 물어도 별거 아니라고 대꾸한다.

그렇게 시간을 때우고 있을 때였다.

위잉, 위잉.

내 스마트폰이 진동하자 뜬금없이 마리가 벌떡 일어났다.

"현호 폰이다!"

그러면서 내 스마트폰을 낚아채 발신자를 확인했다.

"누구?"

고개를 갸웃거리는 마리.

그녀에게서 스마트폰을 돌려받아 확인해 보니 발신자 표시 제한이었다.

보통 이런 전화는 수상한 놈들에게서 오는데.

나는 잠깐 갈등하다가 일단은 받아보기로 했다.

"여보세요?"

ㅡ김현호인가?

대뜸 묻는 젊은 남자 목소리.

나는 흠칫했다.

아레나 언어였기 때문이다.

누구지?

대뜸 반말로 내 이름을 부르는 걸 보면 적대적인 사람이다. 그리고 젊은 남자라면…….

"혹시 그쪽이 리창위?"

ㅡ잘 아는군.

2장

대립

리창위라는 내 말에 차지혜와 마리가 하던 일을 멈췄다.

"내게 무슨 일이지?"

먼저 반말을 했으니 나 역시 반말을 하기로 했다.

―만나지.

"내가 당신을?"

―그렇다.

"싫은데?"

―싫어도 나오게 할 방법은 많아. 그냥 말로 할 때 나오는 게 좋지 않겠나?

"……"

인질을 잡아서 불러낼 수도 있다 이건가. 한국아레나연구소가 중국 편이니 내 가족 신상도 금방 알아내겠지.

—오늘은 이야기만 할 거다.

"그럼 당신이 이리로 와."

—뭐?

"내 집에 오라고. 이야기만 할 건데 어때. 밖에 나가봐야 춥고 돈 들고."

그러자 리창위는 코웃음을 쳤다.

—좋다. 그리로 가지.

"인터폰 하라고. 잡상인은 못 들어오거든."

리창위는 대꾸 없이 통화를 끊었다.

나는 차지혜에게 말했다.

"이리로 온대요. 차지혜 씨는 어쩌실래요?"

"같이 보죠."

"괜찮으시겠어요? 상대는 지혜 씨를 죽인 그 자식이잖아요. 그리고 아직 신분도 감춰야 하시고……."

"어차피 언제까지고 제 존재를 숨길 수는 없습니다. 김현호 씨를 감시하다 보면 늦든 빠르든 제 존재는 드러납니다. 이미 알려져 있을지도 모릅니다."

"마리 씨는요?"

"볼래!"

마리가 씩씩하게 외쳤다.

이럴 땐 든든하군.

셋이 함께 있으니 리창위라도 상대할 수 있을 것이다.

그래도 일단은 만반의 태세를 다 갖추자.

나는 가공간에서 인공근육슈트 3벌을 꺼냈다. 우리는 인공근육슈트로 갈아입었다.

또한 실프와 카사에게 AW50F를 주면서 건너편 오피스텔 건물 옥상에서 저격 준비를 하고 있도록 했다.

모든 태세를 완비했을 때, 리창위가 도착했다.

현관문의 잠금장치를 풀어놓고 나는 재빨리 뒤로 물러섰다. 갑자기 공격당할 수도 있으니까.

끼익―

문을 열고 나타난 리창위.

리창위는 나를 똑바로 응시하며 씨익 웃었다.

"손님 대접이 형편없군. 제대로 문을 열고 환영해야지."

"손님도 손님 나름이지."

안으로 들어온 리창위는 거실에 있는 차지혜를 보고서 깜짝 놀랐다.

"넌?"

차지혜는 말없이 리창위를 응시하기만 했다.

자신을 살해한 상대와 마주했다. 그럼에도 두려움도 분노도 보이지 않는 무표정을 유지하고 있는 그녀의 침착성이 대단해 보였다.

"하하핫! 내 손에 죽어서 시험자가 된 건가? 이거 대단한 우연이군!"

"내 시체를 바다에 버렸더군."

차지혜가 덤덤히 말했다. 리창위는 유쾌하게 웃었다.

"하핫, 그래그래! 부하들이 너를 돌에 매달아 바다에 수장시켰는데. 시험에서 돌아와 보니 바다 속은 아니었나?"

"해변이었다. 그리고 내 지갑과 차키를 훔쳐갔더군."

"쯧쯧, 워낙 천한 놈들이라. 미안하게 됐군. 내가 보상하지."

리창위는 뜬금없이 아이템백을 소환하더니, 안에서 금괴 하나를 꺼냈다.

"이만하면 됐겠지."

"충분하다."

차지혜는 잠자코 금괴를 건네받았다. 재미있어하는 리창위나 아무렇지 않아 하는 차지혜나 괴상하기는 매한가지였다.

리창위는 배짱 좋게도 거실 소파에 편안히 앉았다.

지금쯤 실프가 놈의 머리를 조준하고 있을 터였다.

"무슨 할 말이 있어서 왔지?"

내가 물었다.

"오늘 아침까지만 해도 널 죽이거나 반쯤 죽여서 데려가려 했는데 말이지."

그따위 소리를 본인 앞에서 잘도 하는군. 자기가 더 강자라 이건가.

"해보시지?"

"큭큭, 그럴까 싶지만 생각이 조금 바뀌었어."

"……?"

"이제 7회차일 테지?"

"그렇다."

"고작해야 7회차인데 넌 너무 강해졌어. 이상할 정도로 빠른 성장이야. 노르딕 시험단도 너를 보호하는 분위기고."

"……."

"오딘이 나에게 경고씩이나 하면서까지 널 보호하려는 걸 보면, 단순히 치유 능력 때문만은 아닌 것 같단 말이지."

리창위의 뱀 같은 눈빛이 나를 응시한다.

가공간. 전자기기를 수납할 수 있는 내 능력을 알면 과연 어떤 반응을 할까? 물론 절대로 가르쳐 줄 생각은 없지만.

"그래서 뭘 어쩌겠다는 건데?"

"내가 한 가지 제안을 하지."

"무슨 제안?"

나는 눈살을 찌푸렸다.

힘으로 안 되니까 이젠 좋은 말로 회유를 하겠다는 수작 같다.

리창위는 차지혜와 마리를 곁눈질했다.

"둘만 이야기할 수 있겠나?"

"가능하다. 실프!"

─냐앙.

건너편 건물 옥상에 있던 실프가 내 옆에 나타났다.

"둘이서만 대화할 수 있게 소리를 차단해 줘."

─냐앙.

실프가 힘을 발휘했다. 한 줄기의 바람이 리창위와 나를 감싸고 지나갔다.

"이제 됐다."

"편리하군."

리창위는 실프를 쳐다보았다. 실프는 내 어깨 위에서 하품을 한다.

"이제 말해봐."

"나와 손을 잡자."

"뭐?"

순간 나는 황당함을 느꼈다. 지금 뭐래? 손을 잡자고?

"그러기에는 너무 멀리 왔다고 생각 안 하고?"

"그리 멀리 왔다는 생각은 안 드는데. 손해는 우리 중국만 봤지, 너는 아무런 피해도 입지 않았을 텐데."

"차지혜 씨를 죽였잖아!"

내가 화를 냈다.

이놈들은 대체 사람 목숨을 뭐로 아는 거야?

"하지만 결국 살아 있잖나. 내가 보기엔 생전보다 지금이 더 좋아 보이던데."

"그래서 잘못한 게 없다고?"

"우린 총 6명이 죽었지. 그만큼 넌 카르마를 얻어서 강해졌을 테고. 지금쯤 정령술을 상급까지 찍지 않았나? 그랬을 것 같은데."

"……."

"그러니까 피차 과거는 그만 따지고 서로에게 이득이 되는 방향을 생각해 보자는 것이다."

"난 중국을 믿지 않아."

날 납치하려 했다.

아레나에서 온갖 악독한 짓을 자행하며 돈벌이를 하는 놈들을 신뢰할 수 없다.

"중국? 내가 언제 중국과 협력해 달라고 했던가?"

"무슨 뜻이지?"

"중국이 아니야. 나와 손잡자는 거지."

나는 놀라 리창위를 바라보았다.

리창위는 차갑게 웃었다.

"그렇게 생각해 본 적 없나? 어째서 이런 강한 힘을 갖고도 남의 지배를 받아야 할까? 마음만 먹으면 이 나라 최고 통치자의 목도 언제든 따버릴 수 있는데."

"쿠데타?"

"다르지. 권력 구도를 좀 올바르게 바꿔보자는 거야."

"미친……."

"시험자는 매번 목숨을 걸고서 아레나를 다녀온다. 그러면서도 권력자와 자본가에게 지배받으며 돈벌이에 이용당하지. 그게 더 미친 것 아닌가?"

"그래서? 같이 손잡고 나라 하나 무너뜨려 보자고?"

"그렇게 거창한 일이 아니야."

리창위가 말을 이었다.

"중국의 공산당 간부들은 우리 시험자들을 유용한 돈벌이 수단으로 여기면서도 또한 두려워하지."

당연하지. 시험자는 마음만 먹으면 수백, 수천을 살해할 수 있는 괴물들이다. 나라를 다스리는 권력자들 입장에서는 시험자를 통제하는 것이 무엇보다도 중요할 터였다.

바로 이 리창위 같은 생각을 하는 놈이 나타나는 걸 막기 위해서 말이다.

"그들은 나를 시험자들을 통솔하는 최고 책임자로 임명했으면서, 또 다른 시험자로 하여금 나를 견제하는 대항마가 되게 했지."

"파벌인가."

"시험자들이 두 파벌로 나뉘어서 서로를 견제케 해서 딴생각을 못하게 만드는 거지."

"……."

"가족을 인질로 잡아두거나 하는 방식도 쓰지만, 그것이 가장 핵심적인 통제수단이다."

"그래서, 널 견제하는 상대 파벌을 나더러 없애 달라고?"

"이해가 빠르군."

"그래서 내가 얻을 수 있는 게 뭐지?"

"아레나에서 손쉽게 놈들을 죽일 수 있도록 많은 정보를 제공하지. 그놈들 대부분은 타락한 시험자이니 죽이면 죽일수록 넌 강해질 수 있는 것이다."

"그리고?"

"더는 중국 시험단의 적대를 받지 않도록 해주지. 원한다면 김중태 소장도 처치해 주겠어."

그건 좀 구미가 당긴다. 하지만 내 대답은 처음부터 정해져 있었다.

　"그래서?"

　"무슨 뜻이지?"

　"그래서 널 방해하는 파벌을 없애고 권력을 차지하면, 그다음에는 뭘 할 거냐고."

　"뭐, 별것 있나? 지금처럼 열심히 돈 벌며 사는 거지."

　그 대답에 나는 냉소를 지었다.

　"그럴 줄 알았지. 역시 제안은 거절한다."

　"바보 같은 생각이군. 네 입장에서도 큰 이득이 될 텐데 거절한다고? 나와 가치관이 맞지 않다는 이유만으로?"

　"아니. 지극히 현실적인 이유에서다."

　의아해하는 리창위에게 내가 이어 말했다.

　"너희는 분명히 시험이 클리어되는 걸 방해하겠지. 지난번처럼 내가 시험을 해나가면 반드시 또 충돌할 거야."

　내가 계속 말했다.

　"다행히 지금은 파벌로 나뉘어 있고 윗대가리는 아레나를 조금도 모르는 권력자들이지. 그런데 너를 중심으로 하나로 뭉쳐지면 대체 얼마나 강해질까? 그리고……."

　나는 이를 갈며 말했다.

　"가치관의 차이로 큰 이익을 거절하는 게 바보 같나? 난 너희처럼 쓰레기 짓을 하고 다니는 놈들과 조금도 상종하고 싶지 않다."

사람을 해쳐서 돈 버는 놈들과 엮이고 싶지 않다. 인간으로서의 당연한 도리가 있는 것이다.

"……그래서 협력을 하지 않겠다는 것이군?"

리창위의 목소리가 음산하게 가라앉았다.

나는 겁먹지 않기 위해 애썼다.

"그렇다."

"그럼 이제 대화는 끝난 것이군."

그 순간, 리창위의 몸에서 막대한 오러가 피어올랐다. 오러를 끌어 올리는 속도가 매우 빨랐다.

나 또한 급히 소리쳤다.

"실프, 융합!"

—냥!

실프가 내 몸속에 들어왔다.

리창위가 소파에서 벌떡 몸을 튕기며 나에게 손날을 뻗었다. 놀랍게도 그의 손날에 오러가 머금어져 있었다. 마치 손을 검처럼 쓰는 것이었다.

하지만 나 역시 가만히 있지 않았다.

"바람의 가호!"

바람의 가호를 펼친 후, 회오리를 일으켜 내 몸을 둘러싸 버렸다. 바람의 칼날로 온몸을 두르는 느낌으로 힘을 펼쳤다.

콰아앙!

쩌렁쩌렁한 충돌 소리와 함께 리창위가 뒤로 튕겨져 나갔다.

정령술 상급 1레벨. 거기에 마스터한 바람의 가호로 3배쯤 증폭된 위력을 가진 회오리였다.

제아무리 리창위라 해도 맨몸으로 덤볐으니 튕겨나가지 않을 수 없는 것이다.

그러나 리창위 역시 보통 인물은 아니었다.

소파에 딛고 서서 균형을 잡은 리창위의 오른손에는 언제 소환했는지 장검이 들려 있었던 것!

파아앗!

장검에서 폭사되어 나오는 오러 블레이드!

마리와 차지혜가 내 곁에 다가와 양옆에 섰다. 리창위와 우리 셋은 대치한 채 서로를 노려보았다.

리창위는 무감정한 눈길로 스윽 우리를 훑어보았다. 그는 오러 블레이드로 감싸인 검을 아래로 내려뜨린 채 현관 쪽으로 걸었다.

우리는 길을 비켜주었다.

"아레나에서 보지. 피차 그게 좋겠군."

"언제 어디든 상관없다."

내가 답했다.

리창위는 피식 웃고는 무섭게 살기 띤 눈빛으로 날 노려본다. 그는 오러 블레이드를 없애고는 문을 열고 밖으로 나가버렸다.

"휴우."

그제야 융합을 해제하고 실프를 돌려보낸 나는 안도의 한숨을 쉬었다.

"처음부터 싸울 생각은 없었을 겁니다."

차지혜가 말했다.

"민간인이 많이 사는 건물에서 시험자가 싸워 소란을 일으키면, 아무리 한국아레나연구소가 중국에 친화적이더라도 참아주는 데 한계가 있습니다."

"그냥 겁만 줬다는 거네."

"반응을 살핀 겁니다."

차지혜의 의견에 나는 고개를 끄덕여 동의했다.

내가 두려워하는지 기꺼이 맞서는지 간을 봤겠지. 그래서 내가 겁먹지 않고 맞선 거다.

실은 무지 무서웠다.

*   *   *

휴식 기간이 점점 끝나가고 있었다.

시험이 다가오자 우리는 다시 덴마크의 노르딕 시험단 본부로 갔다. 시험이 시작되면 현실에서는 수면 상태가 되는데, 그 사이에 습격을 받을 위험도 있기 때문이다.

노르딕 시험단 본부에서 슬슬 시험 준비를 하는데, 연구총책 빌헬름이 찾아와 물건을 건넸다.

전파송수신기 2개와 교신기 10개였다.

난 그것들을 가리키며 물었다.

"오딘?"

내 말뜻을 이해했는지 빌헬름은 웃으며 고개를 끄덕였다.

아레나에 가져가서 오딘에게 건네주면 된다는 뜻이었다.

'뭐, 문제없지.'

통신망이 넓어질수록 나에게도 이로운 일이었다.

내게 우호적인 노르딕 시험단의 시험자들과 소통이 잘될수록, 정보 습득도 빨라지니까.

필요할 시 도움도 요청할 수 있고 말이다.

*　　　*　　　*

"어서 오세요! 고대하셨던 시험 시간이에요."

아기 천사가 정신 사납게 날아다니며 우리를 맞이했다.

"석판 소환."

과연 칼 같은 차지혜.

아기 천사의 잡담을 들어줄 생각이 없다는 듯이 석판부터 소환해 시험을 확인한다.

나도 본받아야지.

나 역시 석판을 소환해 보았다.

─성명(Name): 김현호

─클래스(Class): 33

─카르마(Karma): +100

─시험(Mission): 해적의 침공을 막아라.

─제한 시간(Time limit): 무제한

나는 흠칫하여 차지혜를 바라보았다.

"해적이 또 침공할 모양입니다."

차분한 차지혜의 태도에 나 역시 마음이 진정되는 기분이었다.

"지난번의 실패를 만회하려는 모양인데요."

해적들은 오딘에게 쫓겨났고, 그 틈에 끼어 있었던 타락한 시험자들도 나에게 저격당했다. 해적들을 움직이는 실세가 중국의 타락한 시험자들이라고 가정한다면?

지난번에 마정 벌이를 못해 생긴 손해를 이번에 만회하려는 것이리라. 더불어,

"중국 측이 우리에게 보복하려는 듯합니다."

차지혜가 말했다.

나는 고개를 끄덕였다.

"해적들과 함께 다시 항구를 침공해서 우리까지 죽일 생각이겠죠."

그중에는 리창위도 끼어 있을 가능성이 높았다.

왜냐고?

오딘이 나타났기 때문이다.

만약 이번에도 오딘이 침략을 가로막는다면, 그 같은 강자를 물리칠 사람은 리창위밖에 없으니 말이다.

"너무하는군. 집정관이라는 작자는 이번에도 군대를 빼돌려서 해적의 침략을 방조할 텐데."

군대의 방어도 없으면, 대체 해적들의 침략을 무슨 수로 막아야 한단 말인가?

"이야, 골치 아프시겠어요?"

아기 천사가 놀리듯이 물었다.

"지금 누구 놀려?"

"네."

"크악! 이놈의 자식을!"

탕탕— 탕—

나는 쌍권총을 소환해 마구 쏴댔지만 아기 천사는 얄밉게 요리조리 피했다. 사격 스킬에 의해 10m 이내에서는 명중률 100%인데도, 아기 천사는 명중시킬 수 없었다.

천사라서 그런가 보다 싶었다.

"진정하세요, 진정. 총알 아깝잖아요."

"이 자식아! 우린 이제 8회차라고! 근데 뭐 이딴 시험이 다 있어?"

해적 중에는 중국 시험단 소속의 타락한 시험자도 다수 포진되어 있을지도 몰랐다. 그런 점을 가정한다면, 우리에게 이 시험은 난이도가 너무 높다!

"무슨 말씀을. 여태껏 불가능한 시험이 나온 적이 있었나요?"

"……."

그렇지는 않았다. 지금까지 모두 클리어했으니까.

"어째서 시험자 김현호에게 빨리 강해질 수 있는 기회가 자꾸 주어졌을까요? 당연히 무언가 시킬 게 있기 때문이 아닐까요?"

"……그렇겠지."

"난이도는 딱 적당해요. 한 번도 어긋난 적이 없죠."

말을 마친 아기 천사는 파리 쫓듯이 손짓했다.

"자자, 그만 징징대고 가보세요."

슉!

시험의 문이 불쑥 솟아올랐다. 시험은 그렇다 치고, 저놈의 자식 말투는 분명 잘못됐다! 시험 전부터 시험자의 컨디션을 저하시키고 있다고!

차지혜가 먼저 문을 열고 들어가자, 나는 아기 천사를 한 번 노려보고는 따라 들어갔다.

녀석은 실실 쪼개며 손을 흔들어 보이고 있었다.

*　　*　·　*

"오셨구려."

오딘이 우리를 기다리고 있었다.

"오딘 씨는 시험이 뭐죠?"

"예상대로였소. 귀국하여 흑마법사 조직에 대해 널리 알리는 시험이었소."

'예상은 했지만 역시…….'

나는 기분이 안 좋아졌다. 오딘까지 떠나니 해적의 침공을 막는 일이 더 힘들어진 것이다.

"두 분은 어떻소?"

"해적의 침공을 막으라네요."

"두 분이서 말이오?"

"그러게요."

"흐음, 곤란하게 되셨구려. 데포르트 항구의 집정관도 해적과 얽혀 있는 관계로 보이는데 말이오."

앗셀 집정관이라고 했던가? 그 야비한 대머리 노인네는 분명히 해적의 습격에 맞춰 군대를 이끌고 딴 곳에 도망가 있을 것이다.

그럼 무방비 상태의 항구를 차지혜와 내가 무슨 수로 지킨단 말인가?

그런데 그때였다.

"현호—!"

산 위에서 들리는 익숙한 목소리.

파앗!

"컥!"

수풀에서 불쑥 튀어나온 마리가 내 품에 뛰어들었다. 그녀는 순식간에 내 목에 코알라처럼 매달렸다.

"마리, 넌 시험이 뭐냐?"

오딘이 물었다.

마리는 뾰로통한 얼굴로 말했다.

"오딘 경호."

"경호? 날?"

마리는 고개를 끄덕였다.

대충 상황이 머릿속에 그려진다.

"오딘 씨가 그들의 정체를 널리 알리면, 그 조직에서 제거하려 들겠죠. 그걸 막는 임무가 마리 씨에게 주어진 것 같네요."

내 말에 오딘은 고개를 끄덕였다.

"그런 것 같소. 아무튼 이번 시험도 생각처럼 쉽지는 않겠군."

"현호는?"

마리가 물었다. 난 우리 시험 내용을 알려주었다.

마리는 나와 헤어지게 되었다고 울상을 지었다.

데포르트 항구로 돌아온 우리는 묵고 있던 여관에서 하루를 보냈다.

다음 날, 오딘과 마리는 시험을 위해 떠나게 되었다.

"얼마 동안 머물며 도와드리고는 싶으나, 이쪽은 시험에 제한 시간이 있소."

"예, 그럼 서둘러 가셔야죠. 이쪽은 저희끼리 어떻게든 해볼게요."

나는 보관하고 있던 인공근육슈트와 전파송수신기 2개, 교신기 10개를 오딘에게 건네주었다.

"힘내시오."

"네, 오딘 씨도요."

"현호, 나중에 봐!"

마리는 잔뜩 울상이 된 채 손을 흔들었다.

나는 피식 웃으며 그녀의 머리를 슥슥 쓰다듬었다. 그래도 공과 사는 구분하는지 안 간다고 떼를 쓰지는 않는다. 조금씩 정신이 회복되고 있는 것인지도 몰랐다.

"이제 우린 해적을 막을 방도를 찾아봐야겠네요."

"예."

우리는 식사를 하며 상의를 해보았다.

"기본적으로 둘이서 해적 무리와 싸우기란 불가능합니다. 전력 차이가 명백합니다."

"맞아요. 무작정 둘이서 싸우라고 주어진 시험은 아니겠죠."

갈색산맥에서 엘프들과 함께 싸웠던 때를 떠올려 보자.

실질적으로 언데드 군세와 싸운 건 엘프들이었다.

나는 엘프들의 전력이 강화되어 맞서 싸울 수 있도록 전략과 아이디어를 제공했을 뿐이었다. 이번 시험도 마찬가지라는 생각이 들었다.

"조금 극단적인 수를 써보는 게 어떻습니까?"

차지혜의 말에 나는 의아해졌다.

"어떤 수요?"

"집정관이 죽었는데 군대가 멋대로 떠나지는 않을 겁니다."

"아⋯⋯!"

정말로 극단적인 수였다. 하지만 충분히 가능한 계책이었다. 내가 앗셀 집정관을 저격해 버리면, 집정관의 명령도 없이 군대가 멋대로 움직이는 일은 없을 것이다.

"저격은 군대가 항구를 떠나는 당일에 공개적으로 이루어져야 합니다."

이어지는 차지혜의 설명은 이러했다.

앗셀 집정관이 군대를 끌고 항구를 떠난다는 건 해적의 습격이 온다는 뜻이었다.

바로 그때 앗셀 집정관을 암살하면, 군대는 항구를 떠날 명분을 잃게 된다. 모두가 보는 앞에서 최고 책임자가 살해당했는데 군대가 어딜 떠난단 말인가?

그렇게 되면 해적과 군대가 싸울 수밖에 없는 상황이 만들어지는 것이다.

"앗셀 집정관이 먼저 살해되면 군대가 그사이에 다른 핑계를 만들거나, 해적이 소식을 듣고 습격을 미룰 수 있습니다."

앗셀 집정관뿐만 아니라, 군대 내부에도 해적의 끄나풀이 있을 가능성이 높았다.

"그러네요. 그럼 일단은 그렇게 하죠."

이제 해적들을 어떻게 격퇴하느냐가 관건이었다. 이곳 군대에게는 별다른 기대를 할 수가 없었다.

항구를 지키는 소임도 제대로 못하는 썩어빠진 군대가 해적을 당해낼 것 같지 않다. 하물며 해적들 틈에는 타락한 시험자들도 끼어 있다.

"지상보다 바다에서 싸우는 게 좋지 않을까요?"

내가 물었다.

바다에서 싸운다면 근접전의 기회가 지상보다 적다.

서로 떨어진 거리에서 싸운다면 저격소총을 쓰는 내가 월등히 유리한 것이다.

"일리 있습니다. 하지만 해전이 성립되려면 데포르트 항구의 군대가 군함을 타고 나서 해적과 맞서야 합니다."

끄응.

역시 이놈의 썩은 군대가 문제로군.

우리는 머리를 맞대고 생각에 잠겼다. 어떻게 해야 군대를 바다로 내보내 해적들과 싸우게 만들 수 있을까?

이윽고 차지혜가 입을 열었다.

"모든 군인이 썩었다고 생각되진 않습니다."

"그렇겠죠? 정신이 제대로 박혀 있는 사람도 있을 테니……."

"그 사람이 데포르트 항구의 최고 지휘관이 된다면 어떻습니까?"

나는 차지혜의 말뜻을 알아차렸다.

"그 윗선을 전부 죽이자는 거군요."

"예, 김현호 씨의 능력이라면 그리 어려울 것 같지 않습니다만."

나는 잠시 생각해 보았다. 이곳 군대 상부의 고위 장교들 중에는 의무감이 있고 해적으로부터 사람들을 지키고 싶어 하는 올바른 군인도 있을 터였다.

그런 사람을 찾아내고, 그 사람의 윗선을 전부 죽여 최고 지휘자가 되게 한다면…….

그럼 적어도 해적을 상대하기가 용이해질 것 같다.

바다에서 배를 타고 싸운다면, 리창위가 상대라도 자신 있었다.

아무리 날고 기어도 멀리서 총을 쏘는데 어쩔 텐가?

나는 고개를 끄덕이며 말했다.

"그렇게 하죠."

"일단은 탐문을 해보도록 하지요."

때마침 식사를 마친 우리는 여관 주인을 불렀다.

"식사는 맛있게 하셨는지요?"

귀족 전용 여관의 주인이라 그런지 옷차림도 말투도 진중했다.

"괜찮았네. 그런데 한 가지 물어볼 게 있군."

나는 오글거리지만 귀족다운 말투로 말했다.

"예, 궁금하신 건 얼마든지요."

"요번에 해적의 습격이 있지 않았나."

"그랬지요."

여관 주인의 표정이 절로 어두워졌다.

"대체 이곳 군대는 뭘 한 건가?"

"뭘 했겠습니까. 몬스터 토벌이니 뭐니 해서 미리 피신해 있었겠지요."

여관 주인은 냉소적으로 말했다.

역시 그들 생각대로 데포르트 항구에서 집정관과 군대에 대한 평가는 냉혹했다.

"그럴 수가 있다니, 그럼 해적과 내통을 하고 있다고 봐도 되겠군."

여관 주인은 주변 눈치를 보더니, 은밀히 내 귓가에 대고 나직이 말했다.

"그야 공공연한 사실입죠. 이 나라에 해적과 내통하는 귀족이 한둘이 아님은 공공연한 비밀입니다."

내가 오딘과 함께 왔던 타국의 귀족임을 알기에 거침없이 솔직히 말하는 주인이었다.

"정말 미쳤군. 그럼 이곳 군대에는 제대로 된 군인이 한 명도 없나?"

내가 물었다.

여관 주인이 말했다.

"왜 없겠습니까? 아무리 망조가 들었어도, 전부 다 썩으라는 법은 없지요."

"제대로 된 사람이 있나?"

내가 물었다.

"모두의 존경을 받는 분이 계시지요. 지난번 습격 때 늦게나마 대피령을 내린 것도 그분입니다."

3장

아젠 연대장

데포르트 항구의 군대는 두 개의 연대로 구성되어 있는데, 그중 한 연대장인 데커라는 자가 바로 여관 주인이 언급한 인물이었다.

"그분마저 없었으면 이 항구에 살아 있는 사람은 없었을 겁니다."

항구 사람들에게 대피령을 내려 피신케 했고, 난리가 끝나고 나면 휘하 병력을 동원해 앞장서서 피해 복구를 한다고 한다.

주인은 데커 연대장에 대한 칭찬을 한참 하다가 사라졌다.

"어떻게 생각하세요?"

"좀 더 정보를 모아봐야 한다고 생각합니다."

차지혜가 말했다.

"두 연대의 전력, 해적의 지난 습격 빈도 등을 조사해야 합니다. 소문만 듣고서 데커 연대장이란 인물을 파악할 수는 없습니다."

"제 생각도 그래요."

소문만 믿을 수는 없었다.

지난번 해적 습격 때 대피령이 내려졌다고 했는데, 그럼에도 민간인의 피해가 적지 않았다.

결국 해적들은 바다에서 오는데, 조금만 더 정찰에 신경 썼더라면 더 빨리 알아차리고 대피령을 내릴 수 있지 않았을까?

나는 차지혜와 함께 거리로 나가 정보를 더 모아보기로 했다.

때마침 한 여인을 발견했는데, 다섯 살 남짓한 어린 소년과 함께 있었다. 모자로 보였다. 여인은 깊은 수심에 잠겨 있었고, 소년은 손가락을 빨며 기운 없이 땅에 주저앉아 있었다.

'먹을 거라도 좀 줄까?'

가여운 생각이 들어서 나는 인근의 빵집에서 큰 빵을 몇 개 구입했다. 난리 통이 벌어진 뒤라 빵의 상태가 별로 좋지 않아 보였지만 어쩔 수 없었다.

"물어볼 게 있다."

나는 여인에게 말을 건넸다.

나보다 어려 보이긴 하지만 초면에 반말을 하려니까 영 어색하다. 하지만 이곳에서는 귀족이니 귀족답게 행동할 필요가 있었다.

"예……!"

여인은 놀라 허리를 최대한 굽혀 보였다. 일단 나는 빵이 든 봉투를 여인에게 내밀었다.

"가, 감사합니다!"

여인은 놀라 빵 봉투를 받아 들었다. 소년도 눈을 반짝이며 빵을 멍하니 쳐다본다.

"해적의 습격을 받은 일이 또 언제 있었지?"

"3년 전 여름에 해적이 공격해 온 적 있었습니다."

"3년 전 여름?"

"예, 그때 제 아들이 걸음마를 막 뗀 시기라 기억에 남아 있습니다."

3년 전이라.

'하긴 매년 이런 일이 벌어졌으면 사람이 살지 못했겠지.'

해적 놈들도 생각이 있는지 매년 타깃을 바꿔가며 공격하는 모양이었다. 사람이 살지 않으면 약탈도 불가능하니 말이다.

"그때의 일을 자세히 들려다오."

"예, 그날은……."

여인은 3년 전의 해적 습격에 대해 열심히 이야기를 들려주었다.

이번 습격과 다른 점이 한 가지 있었다.

"아젠 연대장이 함대를 이끌고 나갔다가 대패를 당하는 바람에 해적을 막을 수 없었어요."

"아젠 연대장?"

"예, 그분이 군함을 전부 잃지만 않았어도 해적을 막을 수 있었을 텐데⋯⋯. 무리한 작전으로 괴멸을 면치 못했다고 들었어요."

이후로 돌아다니며 탐문해 보니, 모두들 데커 연대장을 칭송하는 한편, 아젠 연대장의 무능을 힐난하고 있었다.

"쯧, 이상한 일이죠. 아젠 그분 참 강직하고 털털한 분이셨는데. 용감한 뱃사람이었단 말입죠. 그렇게 허망하게 해적들에게 대패할 줄이야."

나이 든 어부가 한 말이었다.

실프를 시켜서 항구를 살펴보았다. 이제는 남아 있는 군함이 13척밖에 없었다. 그나마도 열심히 복구한 것이리라.

'저걸 가지고 해적들과 싸우기란 불가능하겠지?

이순신 장군도 아니고 말이지⋯⋯.'

여관으로 돌아온 우리는 탐문 내용을 정리했다.

"군사적인 의미로 보자면, 3년 전 아젠 연대장의 해전 대패가 결정적입니다. 그 후로 해적은 넓은 활동 반경으로 작전을 자유롭게 펼치게 되었습니다."

차지혜가 말했다.

"바다에서 견제할 수단을 상실한 터라, 데포르트 항구는 언제 해적의 습격을 받아도 이상할 것 없게 되었습니다."

"아젠 연대장에 대해 더 알아봐야 해요. 그 사람이 해적과 내통해서 일부러 패배한 건지, 아니면 정말 물리치려고 한 건지를요."

"확실히 아젠 연대장이 해적과 맞서 싸운 유일한 사람이긴 합니다. 오히려 신뢰를 얻고 있는 데커 연대장은 이곳에 부임한 후로 한 번도 전투에 나선 적이 없습니다."

"그러고 보니 그 사람이 부임한 게 3년 전이죠?"

우연치곤 공교로운데. 아젠 연대장보다 오히려 이 작자가 더 수상하다.

"우리끼리 말해봐야 뭔 소용이 있겠어요. 실프를 시켜서 살펴보죠."

아젠 연대장이라는 작자를 찾아내 실프로 24시간 밀착 감시를 하면 뭔가가 나올 것이다.

＊　　　＊　　　＊

"쯧쯧, 저 작자는 또 저러고 있군."

"뭘 잘했다고 저렇게 천하태평인지."

"해적이 왔을 땐 코빼기도 안 보였지?"

선착장 인근의 작은 술집.

테이블에 드러누워 코를 골며 자는 중년 사내를 보며 사내들이 혀를 찼다.

잔뜩 구겨진 너덜너덜한 군복, 전혀 손질을 안 해 헝클어진 머리칼, 테이블에 굴러다니는 빈 술병.

몰골이 형편없는 이 중년 사내는 바로 연대장 딕 아젠이었다.

3년 전의 패배로 해군을 말아먹고 오늘날의 비극을 초래한

주범으로 꼽힌 그는 해적보다 더 사람들의 미움을 받고 있었다.

이 술집에서도 예외는 아니었다.

술집에 모인 사내들은 곱지 않은 시선으로 아젠을 보며 험담을 나눴다.

아젠에 대한 험담이 해적들에 대한 성토로 이어졌고, 다시 모든 게 아젠 때문이라는 결론으로 끝이 났다.

밤이 깊고 술집이 문 닫을 때가 되자 주인 사내는 곤란한 얼굴로 곯아떨어진 아젠을 바라보았다.

"에휴, 또 이 모양이군."

주인은 익숙한 얼굴로 아젠을 업어 들고 술집 밖으로 나갔다. 문 앞에 아젠을 버려놓고 주인은 술집 문을 닫았다.

그런데 그때 한 어부 노인이 나타났다. 늙고 말랐지만 팔다리가 단단한, 전형적인 나이 든 어부였다.

"쯧쯧."

어부 노인은 술집 문 앞에 버려져 있는 아젠을 업어 들었다. 문을 닫고 있던 술집 주인이 의아한 얼굴로 바라보았다.

"빈센트 아저씨? 이제 돌아오셨어요?"

"그래."

"오늘도 이 양반 뒤처리를 해주시네요."

"말조심해라. 연대장님께 이 양반이라니."

핀잔을 들은 술집 주인은 혼잣말로 투덜거렸다.

"빈센트 아저씨가 만날 주워가 주시니까 그 양반, 아니, 아젠 연대장님이 마음 놓고 술 먹고 뻗는 거잖아요."

"됐다. 들어가 쉬기나 해."

"참, 이해할 수가 없단 말이야. 우리가 이렇게 된 게 누구 때문에 저렇게 호의를 베푸시는 건지."

늙은 어부 빈센트는 평생을 뱃사람으로 보낸 사람이었다.

오랫동안 배를 타면서 한 번도 비겁하거나 나약한 행동을 하지 않았기에 모두의 존경을 한 몸에 받고 있었다.

술집 주인도 마찬가지였고, 그래서 빈센트가 아젠 연대장을 매일 챙기는 게 마땅치 않았던 것이다. 그러거나 말거나, 빈센트는 아젠 연대장을 들쳐 업고 떠났다. 그리고…….

─냐앙.

바람으로 이루어진 늘씬한 고양이 한 마리가 빛나는 눈동자로 그 뒷모습을 바라보고 있었다.

그렇게 빈센트는 아젠을 들쳐 업고 한참을 걸었다.

낡은 판잣집에 도착했다.

"오셨어요, 아저씨."

"수고하셨습니다."

"아아, 그래."

사내들이 우르르 나와 그들을 반겼다. 하나같이 체격이 크고 근육이 단단한 어부들이었다. 나이도 젊은이부터 중장년까지 다양했다.

좁은 판잣집 안에 촛불 두 개가 간신히 빛을 밝혔다.

빈센트는 아젠을 의자에 앉혀놓고 어깨를 쳐서 깨웠다.

"연대장님, 이제 그만 일어나시지요."

"으음……."

아젠 연대장은 마구 뒤척였다. 한참을 깨운 후에야 간신히 눈을 뜬 아젠 연대장이었다.

"끄응, 벌써 시간이 이렇게 됐나?"

"그러니 좀 작작 드시지요."

"술을 마시는 데 '작작'이 돼야 말이지."

어부들이 왁자지껄 웃었다.

아젠 연대장은 정신을 차리고는 바로 앉았다.

"시작하지. 얼마나 모였나?"

"작은 배는 15척까지 모였지만, 큰 배는 선주를 설득하기가 힘들어서 끽해야 5척입니다."

"군함 13척, 큰 어선 5척, 작은 어선 15척…… 너무 부족한데……."

아젠 연대장은 고심에 잠겼다.

"군함은 더 건조하지 않는 겁니까?"

빈센트의 물음에 아젠 연대장은 고개를 저었다.

"집정관에게 묵살당했다. 3년 전의 패배로 발언권을 상실했으니까. 이젠 내 연대장 지위를 유지하는 것도 어려워."

"제길!"

"앗셀 그 나쁜 놈이……!"

"아젠 연대장님께서 어째서 그런 대우를!"

아젠 연대장은 어깨를 으쓱했다.

"어쩔 수 없잖나. 패장은 말이 없는 법이니."

"그 패배가 누구 때문입니까!"

"앗셀 집정관과 데커 연대장 두 놈이 해적들과 내통하는 바람에……!"

"쉿, 조용히 하게. 반역 모의를 하는 집단으로 오인받고 싶나?"

아젠 연대장이 주의를 주자 그제야 격분해하던 어부들이 입을 다물었다.

그런데 그때였다.

"제가 대화에 참석해도 되겠습니까?"

어디선가 들려오는 젊은 남성의 목소리.

모두들 깜짝 놀라 주위를 두리번거렸다. 어디서 들리는 목소리인지 알 수가 없었다.

"누구냐!"

아젠 연대장이 소리쳤다. 그러자 어디에 있는지 알 수 없는 상대가 답했다.

"저도 여러분과 뜻을 함께하고 싶습니다."

"……어떻게 이곳을 알아냈는지는 몰라도, 최소한 모습은 드러내고 대화하는 것이 예의 아니오?"

"물론이지요. 곧 가겠습니다. 5분만 기다려 주십시오."

"……?"

모두들 의아해졌다.

말을 전달할 수 있을 만큼 가까이 있으면서 웬 5분이란 말인가?

＊　　　＊　　　＊

　실프를 통해 그들의 대화를 들은 나는 확신을 할 수 있었다. 제대로 된 사람은 아젠 연대장이었다. 그가 데포르트 항구에서 해적과 맞서려 하는 유일한 군 지휘관이었다.

　"가죠."

　"예."

　나는 차지혜와 함께 그들이 모의를 하고 있는 장소로 향했다. 선착장이 모이는 작은 판잣집에 도착한 나는 문에 대고 노크를 했다.

　퉁, 퉁, 퉁.

　힘 조절을 했음에도 인공근육슈트 때문인지, 원채 내구력이 약한 건지 문이 삐걱삐걱 흔들렸다.

　끼이익, 문이 열렸다.

　건장한 젊은 어부 사내가 경계 어린 눈빛으로 우리를 노려보았다. 문을 열고 안으로 안내하면서도 사내는 끝까지 경계심을 풀지 않았다.

　그러거나 말거나 우리는 안으로 들어섰다.

　아젠 연대장이 우릴 훑어보더니 내게 말을 건넸다.

　"연대장 아젠이오. 귀하도 신분을 밝혀주시겠소?"

　"울펜부르크 백작가의 가신 킴 준남작입니다. 그냥 킴이라 부르면 됩니다."

"울펜부르크…… 오딘?"

"예, 둘 다 그분을 모시는 사람입니다."

"그렇군. 얼마 전의 해적도 울펜부르크 백작님께서 놀라운 신위로 격퇴해 주셨지!"

"오오, 그 오딘의?"

"그럼 우리 편이 맞는 건가?"

웅성거리는 분위기 속에서 한 어부가 말했다.

"맞습니다! 울펜부르크 백작님과 여관에서 함께 묵던 사람들입니다. 본 적이 있습니다."

그제야 아젠 연대장의 딱딱한 표정이 다소 풀렸다.

"그럼 적어도 우리에게 호의를 가지신 분들임은 믿을 수 있겠구려. 그런데 타국의 분들이 선뜻 아무 관련 없는 저희를 돕겠다니 잘 이해가 안 가는 게 사실이외다."

나는 미소를 지었다.

"이유는 두 가지가 있습니다. 첫째로, 주군께 격퇴당한 해적이 분노하여 보복해 올 수 있으니 남아서 여러분을 보호하라는 명을 받았습니다."

"오오!"

"과연 아렌드의 영웅답다!"

기뻐하는 어부들.

하지만 아젠 연대장은 끝까지 신중하게 질문했다.

"또 다른 이유는 무엇이오?"

"실은 주군과 함께 이곳까지 온 이유가 있습니다."

내가 말문을 열었다.

"최근 흑마법사들이 대륙 각지에서 암약하며 알게 모르게 온갖 패악을 저지르고 있습니다."

"흑마법사? 그게 사실이오?"

아젠 연대장이 뜬금없다는 듯이 물었다.

"전혀 관련 없는 문제 같지만, 사실 어떤 곳보다 바로 이곳 데포르트 항구가 깊은 연관이 있습니다. 최근 수년간 데포르트 항구를 비롯해 인근의 수많은 해안 도시가 습격을 받았었지요?"

"그렇소. 덕분에 서부 해안에 인접한 아만 제국의 모든 도시가 비상이 걸려 있소. 그런데 그게 흑마법사와 무슨 상관이오?"

"해적들과 흑마법사들이 손을 잡았으니까요."

"그, 그게 무슨?"

"해적들은 재산과 마정을 약탈하기 위해 습격을 했고, 흑마법사들은 많은 시체를 원했습니다."

"시체…… 시체……!"

아젠 연대장은 무언가 떠오르는 생각이 있었는지 두 눈을 부릅뜬다.

"항구 수비에는 소홀한 앗셀 집정관이 유독 뒤처리는 신속했지요?"

"그, 그랬소. 앗셀 집정관의 명령을 받은 데커 연대장이 아주 신속하게 뒷수습을 했소. 3년 전에도, 얼마 전에도……."

"아마 데커 연대장이 항구에서 인기가 높은 것은 그 때문일 겁니다. 빠르게 뒷수습을 해주니 피난 가느라 고생한 사람들이 감격했겠죠."

"그럼 그렇게 수습된 시체들은 단체로 화장되는 게 아니라……."

"흑마법사들이 언데드로 만들어 여러 가지 패악질에 이용되었지요."

충격적인 사실에 아젠 연대장과 어부들은 경악을 금치 못했다. 단순한 해적의 약탈이 아닌, 보다 철저한 계획하에 의도적으로 사람들이 죽임당했다. 그게 모두 예정된 악의였다는 것이다.

"그럼 그 흑마법사들부터 때려잡아야 하는 게 아니오!"

아젠 연대장이 버럭 소리를 질렀다.

나는 손을 들어 그를 진정시켰다.

"이곳에 있던 흑마법사들은 이미 처치했습니다."

"정말이오?"

"물론입니다. 그 때문에 머나먼 이곳까지 찾아왔는걸요."

한동안 침묵했던 아젠 연대장이 문득 손을 내밀었다.

"환영하오."

나는 씨익 웃으며 손을 맞잡았다.

"잘 부탁드립니다."

"이쪽이야말로."

그렇게 나와 차지혜는 모임에 합류하였다.

이 모임은 3년 전의 습격 이후로 아젠 연대장이 만든 모임이 었다.

"그때 해전에서 죽은 병사들의 가족들부터 섭외하고 서서히 구성원을 키워 나갔소. 해적을 물리치려면 뱃사람들의 도움이 필요하니까."

"그렇군요. 무엇보다 배가 필요하니까요."

"바로 그거요. 비록 패장(敗將)이라 할 말은 없지만, 놈들을 이기려면 해전밖에 없소. 해적이라고는 하지만 놈들은 오히려 바다보다 육전에서 훨씬 강력했으니 말이오."

그렇겠지. 해적들 틈바구니에 중국 시험단의 타락한 시험자들이 끼어 있으니까.

"해적과 싸우기 위한 배를 확보하기 위해 뱃사람들을 섭외하고 계셨군요?"

"싸운다니, 우리끼리는 턱도 없는 얘기요. 당장은 기껏해야 경계태세를 강화하는 정도요. 해적의 출현을 보다 일찍 알아차려서 빠르게 민간인을 대피시키고 싶소."

일리 있는 구상이었다. 노련한 뱃사람들이 순찰 체계를 구축하면 해적의 출현을 일찍 포착해 내는 것이 가능하다.

적어도 아젠 연대장은 현실적인 작전 구상을 할 줄 아는 인물이었다.

'이 정도 인물이라면……'

나는 결심 끝에 조심스럽게 말했다.

"연대장님, 혹시 집정관과 데커 연대장이 사라진다면 군대를 장악할 자신이 있으십니까?"

"그게 무슨 말씀이시오?"

"말 그대로입니다. 두 사람이 없어지면 군대를 장악하고 해적의 상륙을 막을 방어 태세를 갖출 수 있겠느냐는 얘깁니다."

"서, 설마……."

모두의 안색이 변했다.

"해적과 내통하여 사람들이 죽임당하는 걸 방조한 놈들은 살아 있을 가치가 없습니다. 그렇지 않나요?"

"그건……."

"그렇게 하면 적어도 해적과 맞서 싸운다는 전제조건은 만들어지는 게 아닙니까?"

아젠 연대장의 낯빛이 복잡해졌다.

잠시 후 그는 고개를 저었다.

"불가하오."

"그들의 목숨을 빼앗으면 안 된다는 겁니까?"

"그게 아니오. 아무리 생각해 봐도 육전에서는 놈들을 당해 낼 수가 없다는 뜻이오. 군대를 전부 결집시키고 뱃사람들을 징집해서 병력을 추가해도 열세요."

"물론 제게 생각이 더 있습니다."

의아해하는 아젠 연대장에게 내가 설명을 이었다.

"내가 바다로 나가 놈들을 교란시키겠습니다. 해적들이 최대한 데포르트 항구에 도달할 수 없도록 방해하겠습니다."

"그게 가능할 리가 없잖소. 군함이 부족하오!"

"저 혼자서 충분합니다. 가볍고 빠른 배만 한 척 있다면 말이지요."

"혼자서? 그게 가능하단 말이오? 당신이 울펜부르크 백작님 못잖은 절대강자라도 되오?"

"그분만큼은 아니지만 특별한 재주가 있지요."

그러면서 나는 실프를 소환했다.

─냐앙.

내 어깨 위에 나타난 실프가 얼굴을 비비며 애교를 떨었다.

"헉!"

"저, 저게 뭐야?"

"고양이가 갑자기?!"

어부들이 깜짝 놀랐다.

아젠 연대장은 실프를 유심히 보더니 놀란 얼굴로 말했다.

"정령사였소?"

"알아보시는군요."

"그래, 그래서 아까 우리의 대화를 엿듣고 멀리서 말을 건넬 수 있었던 것이구려. 바람의 힘으로……."

"맞습니다."

생각보다 더 똑똑한 사람이군. 이 사내가 더 마음에 든다.

나는 실프를 쓰다듬으며 말했다.

"바람의 상급 정령입니다. 바다에서 바람이 얼마나 큰 힘으로 작용하는지 모르시는 분 있으십니까?"

어부들은 꿀 먹은 벙어리가 되었다. 항구에서 살아온 뱃사람들이 모를 리 없었다.

"그것 말고도 제게는 먼 거리에서 공격할 수 있는 수단이 여러 가지입니다. 멀리서 적선(賊船)의 돛을 부서뜨려 항해를 못하게 만드는 정도는 얼마든지 가능하죠."

"습격해 오는 해적들 중 상당수를 바다에서 오도 가도 못하게 만들어준다면, 남은 해적 전력이 상륙해 온다 해도 군대로 막을 수 있겠구려!"

"그렇습니다."

"그, 그렇다면……!"

아젠 연대장은 품속에서 작은 종이쪼가리를 꺼냈다. 펼치고 보니 그건 해도였다.

"풍향과 해류를 고려하면 놈들은 이 해로로 이곳에 올 거요."

그는 열띤 설명으로 작전을 제시했다.

"바로 이 지점에서 해류가 변하오. 이때부터는 바람을 타고 가야 하는데, 바로 이곳에서 놈들의 돛을 부숴 버리면 오도 가도 못하게 만들 수 있소."

"이 지점이요? 몇 번 가보지 않으면 제가 찾아갈 수 있을지 모르겠군요."

내가 난색을 표했다.

차지혜 또한 해군 출신이 아니었기에 바다에 대해 거의 몰랐다.

그때였다.

"내 배를 타십시오."

늙은 어부 빈센트였다.

"비, 빈센트 아저씨?"

"아저씨, 차라리 제가 갈게요!"

"우리에게 맡겨주세요."

젊은 어부들이 나섰지만 빈센트는 단호하게 손을 내저었다.

"이런 일은 다 산 늙은이가 나서야지! 게다가 설마 너희가 나보다 더 배를 빨리 몬단 말이냐?"

"그, 그건 아니지만……."

"그래도 어떻게 빈센트 아저씨한테 이 일을 떠넘기고……."

어부들이 난색을 표했다.

내가 말했다.

"진심이십니까?"

"그렇습니다. 뱃사람으로서 우리 항구를 지키기 위해 싸울 수 있다면 죽어도 여한이 없습니다."

"물론 우리도 죽으러 갈 생각은 없습니다. 잘 부탁하지요."

"이 늙은이야말로 이런 기회를 주셔서 감사할 따름입니다."

마치 노인과 바다의 주인공 같은 늙은 어부 빈센트는 내 손을 두 손으로 꽉 잡으며 굽실거렸다.

젊은 어부들은 물론 아젠 연대장도 눈시울을 붉혔다.

그렇게 감동의 바다에 잠겨 있을 때였다.

"그럼 상륙을 막을 구체적인 전술적 대책을 세워야겠습니다."

차지혜가 사무적인 어조로 분위기를 깨버렸다.

"아, 그, 그렇구려."

아젠 연대장이 고인 눈물을 닦으며 허둥거렸다.

서로 손을 맞잡고 있던 나와 빈센트도 덩달아 뻘쭘해졌다.

하여간 이 여자는 분위기 파악 장애 같은 게 있는 것 같다.

*　　*　　*

데포르트 항구에서 해로를 따라 서쪽 멀리에 떨어진 곳.

그곳에 크고 작은 섬들이 모인 군도(群島)가 있다.

섬들이 로프를 엮어 만든 조악한 다리로 연결되어 있었고, 각 섬마다 배가 몇 척씩 정박되었다.

해적군도.

본래 이 군도에 붙어 있던 명칭은 잊힌 지 오래. 이제는 해적들의 본거지로 악명을 떨칠 뿐이었다.

오랜 세월 해적들이 정착하고 있었으나, 단 한 번도 토벌에 성공한 적 없는 곳!

바로 그 해적군도에 한 척의 배가 유유히 접근하고 있었다. 섬들 사이로 진입한 배는 이윽고 군도에서 가장 큰 섬에 정박했다.

파앗!

배 위에서 한 인영(人影)이 새처럼 뛰어올라 선착장 위에 사뿐히 착지했다.

"오오."

"과연……."

선착장에 마중 나온 수십여 무리의 사내들 사이에서 나직한 감탄이 튀어나왔다. 하지만 아무도 그 몸놀림에 놀라지는 않았다.

왜냐하면 배에서 뛰어내린 인영이 바로 리창위였기 때문이다. 중국 최강, 비공식 세계 최강의 리창위에게 그 정도 신위는 묘기라고 할 수도 없었다.

의기양양하게 걸어오는 리창위.

사내들 중 대표로 한 여인이 달려 나와 고개를 숙여 보였다.

"오시느라 수고하셨습니다."

곱게 빗은 흑발이 매력적인 여성의 정중한 인사에도 리창위는 눈살을 찌푸렸다.

"헤이싱은?"

"두목, 아니, 파트장님께서는 격무 때문에 나오지 못하셨습니다."

여인의 대답에 리창위의 입꼬리가 사납게 치켜 올라갔다.

"해적 파트장으로 임명되더니 돌았나. 간이 부었나 보군."

"죄송합니다. 무, 무례를 끼칠 의도는 없었을 겁니다."

놀란 여인이 더듬더듬 변명한다.

"너한테 한 말이 아니니 걱정 마, 예쁜이."

리창위는 여인의 젖가슴을 주물럭거리며 가볍게 말했다.

여인은 당혹하여 이러지도 저러지도 못하였다. 차마 손길을 뿌리치지 못하고 어찌할 바를 몰라 하는 그녀.

모여 있는 사내들 사이에서 무거운 공기가 감돌기 시작했다. 하지만 누구도 리창위에게 뭐라고 한마디 하지 못했다.

리창위의 도발적인 눈빛이 악마처럼 속삭이고 있었던 것이다.

아무나 한번 덤벼보라고. 본보기로 삼아주겠노라고.

"흥, 재미없게."

젖가슴을 놔준 리창위는 여인에게 말했다.

"혜이싱에게 안내해라."

"예, 예!"

여인은 도망치듯이 앞장섰다.

험악한 분위기 속의 사내들 사이를 지나가면서도 리창위는 눈 하나 깜짝 하지 않았다.

오히려 옆을 지날 때마다 사내들이 잔뜩 긴장하였다.

리창위는 최강자의 압도적인 존재감을 표출하고 있었다.

리창위는 안내를 받으며 통나무로 지어진 2층짜리 건물에 들어섰다.

2층으로 들어섰을 때, 리창위의 표정이 변했다.

표범 가죽으로 장식된 의자에 삐딱하게 몸을 기댄 채 책을 읽는 사내의 모습이 눈에 들어왔기 때문이다.

나이는 이제 겨우 20대 후반쯤 되었을까.

뒤로 묶은 긴 머리칼과 양쪽 귀에 4개씩 주렁주렁 단 피어싱이 인상적인 사내였다.

"격무에 치이고 있는 모습이 인상적이군."

리창위가 말을 건넸다.

"오, 리창위 대장."

피어싱의 젊은 사내는 여유 가득한 얼굴로 책을 접으며 대꾸했다.

헤이싱.

수년 만에 해적군도를 장악한, 중국 시험단의 해적 파트장. 그리고 중국 공산당 간부들이 리창위의 견제마로 내세운 라이벌이기도 했다.

4장

바다에서

"보기와 달리 놀고 있었던 건 아닌데. 너무 기분 나빠 마시죠."

헤이싱은 책을 옆에 내팽개치며 말했다.

책은 벗은 여성의 사진으로 가득한 성인잡지였다. 성인잡지를 빤히 본 리창위는 피식 웃었다.

"과연. 그래 보이는군."

"그런 겁니다."

"지난번에 왜 실패했는지 알 것 같기도 해."

그러자 헤이싱의 표정이 처음으로 딱딱하게 굳었다.

"실패라니 말이 심하시군요."

"그럼 성공인가?"

"돌발 상황이라는 겁니다. 그때 거기서 노르딕의 오딘이 나타났을 줄을 누가 알았을까."

헤이싱은 히죽거리며 말을 이었다.

"게다가 대장님이 포획에 실패한 김현호가 결정적인 역할을 했고 말이지요. 얼마 전에도 한국에 갔다가 소득 없이 돌아오셨다는데, 그래도 되는 겁니까? 대장님 입지는 말이죠."

"내 입지를 걱정해 주다니 퍽 친절하군. 걱정 마라. 그래서 이렇게 왔으니까."

"그게 무슨 뜻입니까?"

"너로는 부족할지도 몰라 이렇게 친히 왔다는 뜻이다."

헤이싱의 얼굴이 일그러졌다.

"나로는 부족할 것 같다? 그게 진심이십니까?"

"그렇다."

"그 판단은 대장님 개인적으로 내리신 것 같군요. 해적 파트는 제 소관이고, 저는 대장님의 관여를 필요치 않습니다."

"글쎄, 내가 도와주면 더 수월할 텐데 그럴 필요가 있나?"

"대장님이 계시면 일 진행이 더 불편해집니다. 게다가……."

헤이싱은 번뜩이는 눈으로 도발을 하며 말을 이었다.

"제가 역부족인 것처럼 폄하려는 건 대장님의 연이은 실책을 얼버무리기 위함은 아닙니까?"

리창위는 피식 웃었다.

하지만 이윽고 살기가 쏟아지는 눈빛으로 성큼성큼 다가왔다.

헤이싱은 겁먹지 않고 눈을 마주했다.

리창위가 말했다.

"지난번에 해적 파트에서 일을 못했을 때 불려가서 질책받은 사람은 누구지?"

"대장님이죠."

"그럼 내가 관여하려는 이유도 알겠지?"

헤이싱이 자리에서 일어섰다. 똑같은 눈높이에서 서로를 노려보며 헤이싱이 말했다.

"대장님이 피해받을 일은 없을 겁니다. 곧, 당장, 데포르트 항구 일을 깔끔하게 정리할 테니까."

"그러길 바라지. 지켜볼 거야."

리창위는 뒤돌아 떠났다.

헤이싱이 나직이 말했다.

"개새끼가. 잘난 척 유세 떠는 날도 머지않았다."

나이도 비슷하고 실력도 거의 따라 잡았다. 그리고 헤이싱 또한 시험자 이전에 무술가였다.

무술가였던 리창위는 자신 외에 다른 시험자를 전부 아마추어처럼 여기는 경향이 있는데, 헤이싱은 그 오만한 시선에서 자유로울 수 있는 인물이었다.

'아무튼 서둘러야겠군.'

데포르트 항구를 치는 일을 좀 더 서둘러야 할 듯했다.

리창위에게 보란 듯이 성과를 보여주려면 말이다.

*　　　*　　　*

"일주일 후에 몬스터 토벌이 있을 예정이오."

아젠 연대장이 기가 찬다는 목소리로 말했다.

"지난번에 해적의 출현으로 못다 한 몬스터 토벌을 마무리 짓는다는구려."

"이젠 아주 대놓고……."

"개자식들."

"앗셀, 이 나쁜 놈!"

어부들이 분노를 성토했다.

"그래도 노골적인 덕분에 해적들이 언제 습격해 올지 쉽게 예측할 수 있겠네요."

내가 말했다.

아젠 연대장은 한숨을 쉬었다.

"그러게 말이오. 불행인지 다행인지 모르겠구려. 아무튼 계획을 단행해야 하는데, 정말 가능하겠소?"

앗셀 집정관과 데커 연대장을 암살하는 일을 의미하는 것이리라.

나는 고개를 끄덕였다.

"예, 얼굴도 파악해 뒀고, 마음먹으면 언제든 가능합니다."

그동안 나는 데커 연대장을 먼발치에서 확인하여 얼굴을 파악해뒀다.

해적이 습격해 오는데 두 작자가 데포르트 항구에 남아 있을 턱이 없었다.

군대를 끌고 출정하는 때, 둘 다 저격해 버릴 생각이었다.

그러면 아젠 연대장이 혼란에 빠진 군대를 수습하고 복귀한 뒤, 해적의 습격에 대비하는 것이다.

늙은 어부 빈센트와 함께 배를 타고 작전 포인트에도 몇 차례 가보았다. 빈센트의 배는 낡은 돛단배였는데, 낡은 외견과 달리 그럭저럭 바다를 잘 다녔다.

실프가 바람으로 밀자 배는 돛으로 그 바람을 받으며 쭉쭉 나아갔다.

빈센트는 실프가 불어주는 바람을 곧잘 받으며 배를 잘도 조종했다. 이 정도면 해적들과 맞닥뜨려도 잘 도망칠 수 있을 것 같았다.

"저희도 준비를 끝마쳤습니다."

"가족과 이웃들한테 피난 갈 준비를 미리 해두게 했습죠."

"작살 같은 무기도 챙겨뒀습니다. 이번엔 놈들이 나타나면 기필코 한 방씩은 먹여줄 생각입니다."

용감한 뱃사람답게 어부들은 전의로 가득 차 있었다.

아젠 연대장이 말했다.

"나도 준비는 끝났소. 믿을 만한 부하들에게 해적의 습격에 대피한 병력 배치를 지시해 두었소. 사태가 벌어지면 즉각 움직일 수 있소."

"그럼 이제 행동에 옮기는 일만 남았네요."

이쪽도 시험의 성패가 걸렸다. 거대한 적과 충돌하게 되니 단단히 각오를 해두어야 한다.

＊　　＊　　＊

앗셀 집정관은 병사들의 도움을 받아 힘겹게 말 위에 올라 탔다. 그것도 모자라 병사 한 명이 고삐를 잡고 걸어야 했다.

말도 제대로 못 타는 작자가 몬스터 토벌에 앞장선다니 병사들의 불만이 대단했다.

쓸모없는 인간이 상관으로 있으면 얼마나 귀찮아지는지 오랜 군복무를 통해 잘 알고 있었기 때문이다.

특히 앗셀 집정관은 전투와 상관없는 쓸모없는 명령을 주구장창 내리는 타입이었다.

군에 대해 아는 건 없는데 지휘관 티는 내고 싶어 하는 유형인 것.

"두 연대 모두 모였나?"

"옛!"

"옛!"

앗셀 집정관의 물음에 두 연대장이 대답했다.

아젠 연대장과 데커 연대장은 서로를 바라보았다.

데커 연대장은 구질구질한 군복 차림의 중년 사내인 아젠 연대장과 달리 번듯하게 생긴 젊은 사내였다.

데커 연대장은 씨익 웃어 보였다.

"이번에도 잘 부탁드립니다, 아젠 연대장님."

"그러지."

평소 같았으면 겉으로만 예의 바른 척하는 가증스러운 그를 노려보았을 터였다. 하지만 오늘따라 아젠 연대장의 표정은 평온하기 그지없었다. 그도 그럴 것이……

'곧 죽을 놈이니.'

죽은 자를 앞에 두고 화를 낼 이유가 없지 않나.

곧 죽을 놈이라고 생각하니 도리어 측은해졌다.

'인생무상이로군. 곧 죽을 놈이 뭘 얼마나 잘 살겠다고 해적과 내통을 했을까.'

데커 연대장을 보며 인생의 허망함을 느끼는 아젠 연대장이었다.

군대가 출발했다.

앞장서고 있는 앗셀 집정관 때문에 속도는 매우 느렸다.

데포르트 항구를 떠나는 군대의 행렬을 보는 사람들의 눈길은 곱지 않았다.

"하는 일도 없는 놈들이 그놈의 몬스터 토벌은……."

"해적을 좀 토벌해 보란 말이야."

"꼭 상황이 끝나면 뒤늦게 나타나서 뒷수습이나 하는 놈들이……."

"군대가 아니라 청소부들이지."

좋지 않은 사람들의 시선을 한 몸에 받으면서도, 앞장서서 나아가는 앗셀 집정관의 웃는 얼굴은 변함이 없었다.

그런데 그때였다.

퍼억—!

시간이 멈춘 것 같았다.

갑작스러운 사태에 누구도 반응을 하지 못했다.

웃고 있는 얼굴 그대로 앗셀 집정관의 머리가 수박 쪼개듯 폭발한 것이다.

그리고 연이어……,

퍼억!

데커 연대장 또한 가슴에 뻥 뚫린 구멍에서 피를 철철 쏟아냈다.

"꺄아아아악!"

한 여성이 비명을 질렀다.

그것이 신호라도 된 것처럼 사방에서 비명이 울려 퍼지기 시작했다.

"으아아악!"

"저, 저게 뭐야!!"

데포르트 항구는 혼란에 휩싸였다.

병사들도 마찬가지였다.

앞장서던 앗셀 집정관과 데커 연대장이 잇달아 즉사해 버리니 어찌할 바를 모르고 멍청히 서 있을 뿐이었다.

누구로부터 무슨 공격을 받았는지조차 알 수 없는 상황이었다.

그때였다.

"침착해라! 전원 회군!"

아젠 연대장이 우렁찬 목소리로 소리쳤다. 혼란에 휩싸인 와중에도 쩌렁쩌렁하게 들리는 고함이었다.

"민간인들도 여기 모여 있지 말고 모두 대피하라!"

아젠 연대장은 말을 타고 이리저리 다니며 명령을 했다.

사람들이 그제야 두려움에 질려 허둥지둥 각자 집으로 달아났다. 군대는 아젠 연대장의 지시에 따라 회군하기 시작했다.

'지금이 기회다. 빠르게 움직여야 해.'

아젠 연대장은 병사들의 특성을 잘 알고 있었다.

데커 연대장 휘하의 병사들을 휘어잡으려면 혼란에 빠진 지금이 기회였다.

어찌할 바를 모를 때, 강하게 휘어잡고 명령을 내려야 한다.

척척 지시를 내려서 질서를 안정적으로 유지시키면 병사들의 마음은 자연스럽게 아젠 연대장에게 기울 터였다.

아젠 연대장은 발 빠르게 움직였다.

앗셀 집정관과 데커 연대장의 죽음을 해적의 소행이라고 선포하고, 항구의 주민들에게 대피 준비를 내렸다.

혼란 와중이라 아무도 아젠 연대장의 강력한 주장에 의문을 제기할 생각을 못했다.

해적의 상륙을 막기 위한 최적의 병력 배치가 이루어지고, 군함들이 일제히 바다로 나아가 정찰을 개시했다.

군함들이 인근 해역에 넓게 정찰을 펼친 지 반나절.

한 군함이 항구를 향해 신호를 보내왔다.

해적 출현!

어마어마한 숫자의 해적선이 항구를 향해 항해 중임이 확인된 것이다.

아젠 연대장은 민간인으로 하여금 피난령을 내렸다.

이미 피난을 떠날 준비를 해두었기 때문에 사람들은 질서정연하게 항구를 탈출할 수 있었다.

아젠 연대장은 데커 연대장의 휘하였던 병력 한 대대를 붙여서 피난을 떠나 있는 사람들을 돌보게 했다.

항구를 벗어나면서도 사람들은 의아해했다.

"아젠 연대장이 저런 사람이었던가?"

"이번에는 군대가 제 역할을 제대로 하는 것 같은데?"

미리 대피 준비를 시켰고, 해적의 출몰을 미리 파악하여 안전하게 피난 보냈다.

게다가 병력을 따로 붙여주어서 안전을 돌보기까지.

그동안 자신들이 알던 아젠 연대장이 아니었다.

사람들은 점차 아젠 연대장에 대한 인식을 달리 하기 시작했다.

*   *   *

일전에 타락한 시험자 넷을 죽였던 그 언덕이었다.

저격 포인트로 더없이 적합한 이곳에서 나는 앗셀 집정관과 데커 연대장을 사살하는 데 성공했다.

AW50F를 챙기고 바람의 가호를 펼쳐 한달음에 항구로 달려갔다.

병사들이 잔뜩 배치된 선착장에는 차지혜와 늙은 어부 빈센트가 기다리고 있었다.

"오셨습니까."

차지혜가 늘 그렇듯 딱딱한 목소리로 날 반긴다.

"예, 어서 가죠."

우리는 함께 빈센트의 돛단배를 향했다. 그런데 선착장에 배치된 병사들이 우리의 앞길을 가로막았다.

"지금은 해적의 출현으로 출항이 금지되었습니다."

내가 귀족임을 알아보고 공손히 말해온다. 나는 손을 저었다.

"아젠 연대장님의 명령을 받았다."

"연대장님께서요?"

병사들이 당혹해한다. 쉬이 믿기가 힘든 게 당연했다. 그러자 빈센트가 나섰다.

"이보게들. 거짓말이 아닐세. 날 못 믿겠나?"

"빈센트 아저씨."

"하지만 저희는 선착장 통제를 명령받아서……."

병사들도 이곳 출신이라 빈센트와 잘 아는 사이인 모양이었다.

'빈센트 이 노인 생각보다 더 명망 있는 인물이군.'

빈센트는 병사들에게 타이르듯이 말했다.

"명령이 아니고서야 우리가 이 와중에 미쳤다고 바다로 나가겠나?"

"그야 그렇지만……."

"거짓말이 아니니 날 믿고 비켜주시게."

병사들은 서로를 보며 상의하더니, 이윽고 길을 비켜주었다.

"알겠어요. 조심하세요, 아저씨."

"그래. 자, 어서 가십시다."

용감하게 앞장서는 빈센트를 우리는 조용히 뒤따랐다.

배는 순풍을 타고 쭉쭉 나아갔다. 빈센트는 돛을 조종하며 능숙하게 배를 몰았다.

"어디 보자."

빈센트는 주위를 둘러보며 말했다.

"이제 절반쯤 왔군요."

나는 의아함을 느꼈다.

주위를 아무리 둘러봐도 바다밖에 안 보였기 때문이다.

암초 같은 것도 보이지 않는다. 아무런 표식도 없이 그냥 푸른 바다뿐인데 그걸 어떻게 아는 걸까?

"항행 시간으로 거리를 재는 건가?"

빈센트는 껄껄 웃었다.

"허헛, 먼 바다에 나갈 때나 그렇지요. 여긴 앞마당인데, 배 위에서 낮잠을 한숨 자고 일어나도 어딘지 알 수 있습죠."

"그게 가능하다고?"

"평생 바다에서 살다 보면 그게 가능해집니다."

유쾌하게 웃으며 빈센트는 노를 저었다. 목숨 걸고 싸우러 가는 길인데도, 그는 밝은 얼굴이었다.

정말 대범한 사람이군.

과연 사람들의 인망을 얻을 만하다.

그렇게 얼마나 시간이 흘렀을까.

"도착했습니다."

빈센트가 말했다.

"이곳을 해적들이 지나간다는 뜻인가?"

"예, 틀림없이 여기서 육안으로 확인될 겁니다."

"그런데, 혹시 헤엄은 잘 치나?"

내가 물었다. 연장자한테 말을 놓으려니 아직도 영 어색하다.

빈센트는 껄껄 웃었다.

"당연한 말씀을 하십니다. 제 선조가 생선이라고 해도 믿으실 겁니다."

"싸움 중에 배가 뒤집힐 정도로 흔들릴 수도 있고 여러 가지 경우가 있으니 조심하게."

"예, 걱정하지 마십시오."

빈센트는 한가롭게 낚싯대를 꺼내 낚시를 시작했다. 정말 대범한 사람이다.

잠시 후 낚아 올린 커다란 물고기를 들어 보이며 씨익 웃었다.

"식사나 하시겠습니까?"

"좋지."

"본래는 구워먹어야 제맛이지만 그냥 생으로 먹어도 쫄깃하니 좋습니다."

아레나 세계에서도 회 같은 개념이 있는 모양이었다.

"구우면 더 맛있나?"

"예, 그런데 여기서 불을 피우기도 번거롭고, 연기 때문에 해적들 눈에 띠죠."

"내가 구울 수 있는데. 실프, 카사!"

나는 두 정령을 소환했다.

—냐앙.

—멍!

"생선을 구워줘. 실프는 연기가 안 보이게 흩뜨려 주고."

두 정령은 순식간에 명령을 이행했다. 카사가 굽고, 실프가 연기를 없앴다.

모락모락 김이 피어오르는 생선.

"오, 정말 제대로 구워졌군요."

빈센트는 신이 나서 접시 세 개에 생선을 잘라 나눠주었다. 워낙 큰 생선이라 셋이서 나눠 먹어도 충분했다.

폭풍전야의 고요함일까.

우리는 평화롭게 도란도란 식사를 마쳤다.

"이제 슬슬 오는군요."

빈센트가 먼 곳을 바라보며 말했다.

그가 가리키는 곳을 응시했지만 잘 보이지 않았다.

시력보정 초급 1레벨로 시력이 1.0이 됐는데도 점 하나 안 보였다.

차지혜도 마찬가지인 모양이었다. 인상을 찡그리며 열심히 응시하는 모습이 조금 귀엽기도 했다.

"허허, 제가 시력이 좋습니다."

늘 바다 먼 곳을 바라보는 어부들이 시력이 좋다는 얘기를 들어본 것 같기는 하다.

나는 실프를 재소환해 빈센트가 가리킨 방향으로 보냈다.

실프가 바라보는 풍경이 머릿속에 전달되기 시작했다.

전에는 단편적인 이미지가 전달되었다면, 이제는 실시간 동영상이 전달되는 느낌이었다. 게다가 내가 생각으로 지시를 보내면 그걸 받아들이는 수준이었다.

너무 복잡한 명령은 무리지만 정찰이나 돌아오라는 것처럼 간단한 지시는 입 밖으로 꺼내지 않아도 내릴 수 있었다.

정령들이 상급으로 진화하면서 그만큼 나와의 동화율도 높아진 것이다.

나는 실프를 통해서 해적선들을 볼 수 있었다.

수많은 해적선이 쐐기꼴 대형을 이루며 항해하고 있었다.

숫자를 헤아려 보니 무려 32척.

엄청난 숫자의 위풍당당한 행진이었다. 저 정도면 일반적인 해적의 수준을 넘어섰다고 해도 과언이 아니었다.

'중국 시험단 때문이야.'

중국 시험단이 합류하고서 해적들이 저토록 성장한 것이다.

아만 제국의 권력자들과, 그리고 흑마법사들과 결탁해 카르텔을 형성한 것도 중국 시험단의 작품일 가능성이 높았다.

"무장, AW50F."

AW50F가 소환되었다. 워낙 무거운 총이라 돛단배가 살짝 흔들렸다.

빈센트는 갑자기 등장한 거대한 쇳덩어리에 놀란 얼굴이었다.

적당히 균형을 잡고 서서 총을 들어 사격 자세를 취했다.

체력보정 중급 5레벨에 인공근육슈트까지 입고 있어서 총의 중량이나 반동은 문제가 아니었지만, 작은 배 위라서 균형을 잃을 위험이 있었다.

'와라.'

나는 적당한 거리로 해적선들이 들어오기를 기다렸다.

현실 세계에서 현존하는 저격 최장거리 기록은 호수 특수부대가 아프가니스탄에서 세운 2,815m.

그 기록에 사용된 소총은 내 것과 마찬가지로 12.7㎜ 구경 대물저격소총인 바렛 M82A1이었다.

아마 나라면 5㎞ 넘는 거리도 가능하겠지. 탄약보정 마스터에 정령술이 결합된 사격술이 있으니 말이다.

하지만 배에 타격을 줄 정도로 강력한 일격을 발휘하려면 거리가 좀 더 거리가 가까울 필요가 있었다.

이윽고 내 눈에도 확연히 보일 정도로 가까워졌다.

워낙 화창한 날씨라 먼 거리임에도 해적선들이 잘 보였다.

'쐐기꼴 대형을 이루고 있으니, 선두에 선 배부터 타격을 줘야겠군.'

나는 선두함의 앞쪽 마스트(Mast)를 조준했다.

"실프, 카샤. 사격 준비."

─냐앙.

─왈!

두 정령이 내 양어깨에 앉았다. 큼직한 것들이 위에 올라타 있었지만 무게가 없었기에 사격 자세에 지장을 주지는 않았다.

"실프, 총성을 차단해 줘."

—냥.

실프가 꼬리로 내 뺨을 툭 치며 알았다는 표시를 해왔다. 귀여운 것.

특별히 조준에 공들일 필요는 없었다. 실프가 꼬리로 총을 움직여 방향을 조정해 주자 나는 즉각 방아쇠를 당겼다.

푸슈욱—!

탄환이 우렁차게 공기를 찢어발기며 날아갔다.

실프의 힘으로 회전력이 무섭게 강화된 탄환은 해적함대 선두함의 앞쪽 마스트에 작렬했다.

육중한 충격과 함께 마스트가 기우뚱거렸다.

커다란 돛이 달린 마스트 하나가 쓰러지자 해적선이 흔들거렸다.

'좋아, 한 발 더.'

이번에는 뒤쪽의 메인마스트를 쏘았다.

푸슈욱—!!

여지없이 메인마스트도 쓰러져 버렸다.

순식간에 돛을 잃어버린 해적함대 선두함은 더 앞으로 나아가지 못하고 요동쳤다. 두 개의 마스트가 쓰러진 방향으로 배 자체가 기울어 버린 것이다.

'아, 마스트 두 개가 모두 한 방향으로 쓰러지면 배를 기울어뜨릴 수 있겠구나.'

나는 내 생각을 실프에게 전달했다. 실프는 알았다는 듯이 고개를 끄덕였다.

선두함이 그렇게 멈춰 버리자 해적함대의 대형이 흐트러져 버렸다.

나는 다음 타깃을 골라 여지없이 방아쇠를 당겼다.

잇달아 두 번을 쏘자, 마스트 두 개가 가지런히 왼쪽으로 쓰러지며 해적선도 덩달아 왼쪽으로 기울었다.

해적선이 가라앉기 시작하면서 해적들이 보트를 내리고 바다로 뛰어들어 피신했다.

총알 두 발로 배를 가라앉게 만들다니, 짜릿한 성취감이 든다.

"정말 대단하군요."

빈센트가 놀라 멍해진 얼굴로 중얼거렸다.

나는 그런 빈센트에게 말했다.

"우리도 슬슬 움직여야겠군. 놈들이 우릴 쫓아올 테니까."

"예, 예!"

빈센트는 노를 젓기 시작했다.

뒤로 물러서면서 나는 다시 다음 타깃을 향해 방아쇠를 당겼다.

여지없이 미스트가 쓰러졌다.

벌써 항해가 불가능해진 해적선이 세 척이었다.

*　　　*　　　*

"무슨 일이냐?"

갑판으로 나온 헤이싱이 인상을 찡그리며 물었다.

"총수님!"

해적들은 당황한 기색이 역력한 채 헤이싱에게 고개를 숙여 보였다.

중국 시험단의 해적 파트장 헤이싱.

아레나에서 그는 해적군도를 지배하는 총수의 지위를 가지고 있었다.

헤이싱은 전황을 살폈다.

쐐기꼴 대형을 이루어야 할 함대가 엉망으로 양분되어 있었다. 게다가 세 척은 쓰러져서 침몰 중. 타고 있던 해적들이 바쁘게 탈출하는 등 혼란의 도가니였다.

"어떻게 된 일이냐?"

헤이싱이 물었다.

그러자 선장모를 쓰고 있는 중년 사내가 다가와 보고했다.

"공격을 받아 선두에 있던 세 척이 침몰했습니다."

"적은?"

"그게…… 대체 어떤 적에게 무슨 공격을 받은 건지 알 수가 없습니다."

그런데 그때였다.

푸슈육—!!

무언가가 빠르게 날아온 소리가 들리더니,

빠지직!

바로 그들이 타고 있던 배의 앞쪽 포어마스트(Foremast)가 부서져 오른쪽으로 쓰러져 버렸다.

"으아악!"

"우리 차례다!"

돛을 주렁주렁 달고 있던 마스트가 쓰러지자 해적들은 난리가 났다.

헤이싱의 얼굴이 일그러졌다.

"그놈이군."

헤이싱은 김현호의 저격임을 곧바로 알아차렸다. 다만 의외인 것은 저격소총의 위력이 마스트를 한 방에 부숴 버릴 정도라는 사실.

"총수님, 저, 저기!"

메인마스트의 파수대에서 관측을 하던 해적이 소리쳤다.

해적이 가리킨 방향을 자세히 보니 무언가가 떠 있는 게 보였다. 작은 돛단배 한 척으로 보였다.

"저기서 공격하는 거다."

헤이싱이 선장에게 지시를 내렸다.

"적을 향해 전속력으로 돌진해라."

"옛!"

이윽고 돌격을 알리는 나팔 소리가 울려 퍼졌다.

해적선들이 일제히 전진했다.

하지만 헤이싱이 타고 있는 해적선은 포어마스트가 박살 나서 제대로 항행이 되지 않았다.

심지어,

콰지직!

또 한 발의 총알이 메인마스트마저 박살 내놓았다.

나무기둥이 움푹 패여 버리더니, 메인마스트가 도끼에 찍힌 나무처럼 기울었다.

"으아아악!"

메인마스트 파수대에 있던 해적이 추락하며 비명을 질렀다.

쿠우웅!

메인마스트가 결국 완전히 쓰러져 버렸다. 포어마스트와 메인마스트가 나란히 오른쪽으로 쓰러지자, 해적선도 오른쪽으로 기울었다.

"으아악!"

"꽉 잡아라!"

해적들이 기울어진 쪽으로 주르륵 미끄러졌다. 균형을 잡고 있는 헤이싱은 눈살을 찌푸리더니, 부서진 마스트를 붙들고 매달린 선장에게 한마디 남겼다.

"알아서 잘 수습해라."

"예, 옛?"

헤이싱은 있는 힘껏 점프했다. 그의 신형이 새처럼 하늘로 떠올랐다. 기울어져 가는 배에서 그렇게 헤이싱은 사라져 버렸다.

선장은 침몰하는 배를 어떻게 수습해야 하는지 엄두를 못 느꼈다.

한편, 옆 배로 옮겨온 헤이싱은 중국 시험단 소속 시험자들에게 소리쳤다.

"마스트를 둘러싸 보호해라! 총이 마스트를 노린다."

"옛!"

방어력에 강점을 가진 타락한 시험자들이 방패를 들고 포어마스트를 보호했다.

하지만 소용없는 짓이었다. 총알이 날아오는 걸 육안으로 볼 수 있는 사람은 없었다. 그러니 총알이 어디에 적중되는지 미리 알고 방어할 수가 없는 것이었다.

콰지지직!

총탄은 시험자들의 키로 닿을 수 없는 높은 지점에 적중되었다. 마스트를 둘러싸 보호했던 시험자들은 우지끈 하며 쓰러지는 포어마스트를 멍청히 바라볼 수밖에 없었다.

헤이싱은 혀를 찼다.

이대로 가다가는 김현호 한 놈 때문에 해적선단이 전멸할 것 같았다.

"마법사들은 방어 마법으로 마스트를 보호해라! 그리고 속력을 좀 더 높여!"

"옛!"

메인스킬로 마법을 익힌 시험자들이 방어 마법을 펼쳤다.

"보트를 하나 내려라!"

해적들이 분주한 와중에도 작은 보트를 내렸다.

헤이싱은 시험자 한 명과 함께 보트로 뛰어내렸다.

"노를 저어라."

"옛!"

시험자가 시키는 대로 노를 잡고 젓기 시작했다. 가만히 서서 헤이싱은 전방 멀리를 노려보았다.

'이참에 내 손으로 요절을 내주마.'

5장

헤이싱

ARENA

　한 척을 침몰시키는 데 총 두 발이면 충분했다.

　그냥 항해 불가 상태로 만드는 정도로도 충분하다고 생각했는데, 마스트를 같은 방향으로 쓰러뜨려 기울게 만드는 방식이 큰 효과를 거두었다.

　나는 그렇게 5척을 침몰시키는 데 성공했을 때였다.

　해적함대가 빠른 속도로 이쪽으로 다가왔다.

　"놈들이 속력을 내고 있습니다!"

　빈센트가 소리쳤다.

　"이쪽도 달아나죠."

　"예, 하지만 녀석들보다 속도를 낼 수는 없습니다. 수많은 사람을 노예로 잡아 노를 젓게 하니까요."

그러고 보니 정말로 해적선마다 수십 개의 노가 달려 있었다. 내가 총알 두 발로 한 척을 침몰시킬 때마다, 노예로 잡혀 있는 사람들까지 죽는 것이었다.

'어쩔 수 없지.'

찜찜한 기분이 들었지만 양심의 가책은 느끼지 않았다. 말 그대로 어쩔 수 없는 일이었다.

나는 실프에게 지시를 내렸다.

"바람으로 배를 밀어줘."

—냐앙!

한줄기의 바람이 돛을 밀었다. 그러자 우리가 타고 있던 돛 단배가 스르륵 움직였다. 그렇게 계속 해적함대와 일정 거리를 유지하며 총을 쐈다.

푸슈육—

AW50F가 불꽃을 뿜었다.

카아앙!

그런데 이번에는 무언가 보이지 않는 투명한 막에 부딪쳐 팅겨나간 소리가 들렸다.

'방어 마법이구나.'

나는 즉시 타깃을 다른 배로 바꿨다.

이곳 아레나 세계에서 마법사의 숫자는 그리 많지 않았다.

중국 시험단 소속의 타락한 시험자 중에서도 마법을 익힌 사람의 숫자가 그리 많지 않을 터였다.

즉, 모든 배에 다 마법사가 타고 있지는 않다는 뜻이었다.

마법사의 방어 마법과 드잡이를 하느니, 그냥 다른 배를 쏘는 게 훨씬 현명한 선택이라고 생각했다.

역시나 내 판단은 옳았다.

새롭게 타깃이 된 해적선은 방어수단이 없어서 무방비로 마스트가 박살 났다.

멀리에 있어도 해적들의 혼란이 느껴졌다. 놈들은 대형이 엉망진창이 된 채, 그저 우리가 타고 있는 돛단배를 향해 돌진해 올 뿐이었다.

그런데 문득 한 척의 작은 보트가 시야에 들어왔다.

두 사람이 타고 있었는데, 한 명이 노를 젓고 있음에도 속도가 매우 빨랐다.

'시험자다!'

나는 타깃을 보트에 탄 두 사람으로 변경했다.

스코프로 보트에 탄 두 사람을 살폈다. 평범하게 생긴 중년 사내는 열심히 노를 젓고 있었다. 또 한 명은 20대 후반쯤으로 보이는 젊은 청년인데, 뒤로 묶은 긴 머리에 귀에 여러 개의 피어싱을 하고 있었다.

청년은 오만한 표정으로 당당히 보트 위에 서서 이쪽을 바라보고 있었다. 아마도 저 청년은 해적단 내에서도 지위 높은 인물이겠지 싶었다.

그렇지 않고서야 가만히 서서 연장자에게 노를 젓게 한 게 이상하지 않은가.

'어디, 실력을 볼까?'

나는 청년의 머리를 조준하고 방아쇠를 당겼다.

푸슈육—

놀랍게도 총알이 발사된 순간, 거의 동시에 청년은 고개를 옆으로 꺾어서 피해냈다. 고개를 왼쪽으로 꺾는 속도가 거의 보이지 않을 정도로 민첩했다. 저 반응은 총알이 자신을 향해 날아오고 있다는 것을 감지했다는 뜻이었다.

게다가 그것을 피했다!

인간의 경지를 한참 벗어난 반사속도.

'오러 마스터구나!'

과거 오딘에게 들은 게 있었기 때문에 알 수 있었다.

이번에는 몸통을 노리고 쐈다.

그러자 상대는 힘차게 주먹을 내지르는 것이었다.

콰앙!

묵직한 충돌음이 여기까지 울려 퍼졌다. 놀랍게도 이번에는 주먹으로 총알을 쳐냈다. 건물 벽도 뚫어버리는 내 총알을 말이다!

그의 주먹은 푸른 오러로 휘감겨 있었다. 아니, 온몸에서 아지랑이처럼 오러가 피어 올라오고 있는 모습이었다.

'무기는 맨손이구나.'

그렇다면 상대는 무술가다.

왜냐고? 시험자가 되기 전에 이미 무술가였던 사람이 아니라면, 무기를 선택하지 않은 게 이상하기 때문이다.

무기가 없는 것보다 있는 게 훨씬 유리한데, 무술가가 아니면 일부러 맨손을 고집할 리가 없다.

두 번의 공방으로 나는 상대에 대해 어느 정도 파악했다.

'근접전에 자신 있는 상대다. 그렇다면……'

나는 씨익 웃었다.

'접근시키지 않으면 되지.'

나는 연속으로 두 발을 쐈다. 이번에는 피어싱을 한 오러 마스터 청년을 노린 게 아니었다.

뒤의 중년사내가 열심히 젓고 있던 두 개의 노였다.

노 두 개가 박살 나자 중년 사내는 당황했다. 보트는 더 나아가지 못하고 멈춰 버렸다.

청년은 신경질이 났는지 무서운 눈으로 이쪽을 노려보았다.

스코프로 바라보니 마치 눈이 마주친 듯한 기분이었다.

'자, 이제 어쩔 테냐?'

이번에는 놈들이 타고 있는 보트를 겨누고 방아쇠를 당겼다.

파지직!

보트 앞부분이 크게 박살 났다. 보트가 앞으로 기울면서 가라앉기 시작했다.

청년은 중년 사내에게 뭐라고 지시를 내렸다. 중년 사내는 고개를 끄덕이고는 바다로 뛰어들었다. 그는 헤엄쳐서 함대 쪽으로 돌아갔다. 그리고 청년 또한 가라앉아 가는 보트 위에서 힘껏 도약했다.

하늘을 날아 이쪽으로 날아오는 청년.

"조심하십시오. 오러 마스터라면……"

차지혜가 그렇게 말을 하던 도중이었다.

청년은 놀랍게도 바다 위를 달리기 시작했다. 발을 수면에 내딛을 때마다 물보라가 치며 신형이 앞으로 쏘아진다.

"……저런 것도 가능합니다. 발로 오러를 발출해서 달리는 상태를 유지하는 기술입니다. 마스터의 오러 컨트롤이라면 가능한 부분입니다."

그건 내가 바람의 가호로 달리는 것과 같은 원리였다.

청년은 엄청난 속도로 이쪽으로 다가왔다.

나는 달려오는 청년을 향해 다시 한 번 총을 쐈다.

카아앙!

청년을 중심으로 오러가 둥그런 막을 형성하며 그 표면으로 불꽃이 튕겨나갔다.

'그래, 저런 것도 할 줄 안됐지!'

오딘에게 들었던 설명이 생각났다.

오러 마스터와의 첫 진검 대결이었다.

"여기 있으세요. 저놈과 한판 붙어야겠어요."

"혼자서 괜찮으시겠습니까?"

"예, 바다 위에서라면 제가 많이 유리해요."

바다 위에서도 나는 실프의 바람의 힘으로 떠 있을 수 있다. 하지만 청년은 저렇게 바다에서 달리는 데도 오러의 소모량이 클 것이다.

나는 AW50F를 소환해제하고, 실프에게 마음속으로 명령을 내렸다.

융합!

실프가 내 체내로 들어왔다. 순식간에 내 몸에서 바람이 휘돌기 시작했다. 따듯한 자연의 에너지가 몸속에서 넘쳐흘렀다.

'좋아, 간다!'

나는 기세 좋게 돛단배를 박차고 날아들었다.

청년은 날 노려보더니 오른쪽 주먹에 오러를 모았다.

아지랑이처럼 흩날리던 푸른 오러가 주먹과도 같은 형상으로 고체화되었다.

저건 오러 피스트라고 해야 하나?

아무튼 청년은 내게 엄청난 일격을 선사할 생각으로 가득해 보였다.

나는 청년의 생각을 짐작할 수 있었다.

나와 같은 생각을 했을 것이다.

바다 위에서는 불리하니 일격필살로 최대한 빨리 승부를 보고 싶으리라.

그렇다면 상대 안 해주면 되지!

파앗!

나는 수면을 박차고 위로 솟구쳤다.

청년은 날 올려다보더니 함께 점프했다. 오러를 발로 발출하며 뛰어오르니 파도처럼 수면에 큰 파동이 일어났다.

뛰어오르면서 청년이 주먹을 힘껏 내질렀다.

나는 즉시 바람을 일으켜 왼쪽으로 이동했다.

놈의 주먹은 나를 놓쳤다.

"놈!"

청년이 버럭 소리를 지르며 공중에서 몸을 비틀었다.

휘리릭!

그대로 어마어마한 오러를 머금은 오른발 뒤 돌려차기가 날아들었다.

나 또한 회오리를 일으켜 맞받아쳤다.

콰아아아앙!

충격에 우리는 서로 뒤로 물러났다.

놈이 작정을 했는지, 엄청난 각력(脚力)에 내가 더 멀리 밀려나 버렸다.

아래로 떨어진 청년은 두 발로 수면을 힘껏 박찼다.

촤아아아악!

거꾸로 흐르는 폭포처럼 바다가 엄청난 파문을 일으켰다.

그 반동으로 청년은 다시 내 쪽으로 날아들었다.

정면으로 맞설 필요는 없지. 물 위에서도 마찬가지지만, 공중에서는 더더욱 내가 유리하거든!

나는 바람을 타고 날아 시계 방향으로 선회했다.

그대로 놈의 등 뒤를 향해 바람의 칼날을 날렸다.

쐐애액—

위기를 감지한 것일까.

청년은 공중에 뜬 상태로 급격히 몸을 비틀며 옆차기를 내질렀다.

파아앙!

바람의 칼날이 오러를 머금은 발차기에 소멸되었다.

태권도 올림픽 선수를 연상케 하는 깔끔한 동작! 나는 절로 감탄이 나왔다. 역시 무술가일 거라는 내 예상이 옳았다.

그럼 얼마나 솜씨가 좋은지 확인해 줄까?

나는 바람의 칼날을 12개 생성시켰다. 그리고 전후좌우 위아래 사방에서 청년을 공격케 했다.

청년의 눈살이 못마땅하게 찌푸려졌다. 그의 두 주먹에 오러 피스트가 생성되었다.

이어지는 주먹질의 향연!

청년은 공중에서 빙글빙글 돌면서 추락하면서 사방팔방으로 주먹을 소나기처럼 퍼붓는 것이었다.

파파파파파파파팡!

대체 팔이 몇 개인지 헷갈릴 정도로 오러 피스트의 잔상이 보였다.

바람의 칼날 12개가 모조리 사그라져 버렸다. 그런데 어쩐지 저 초고속 주먹질은 어디서 많이 본 것 같은 기분이 든다.

팔에서 가지처럼 여러 개의 주먹이 뻗어 나가는 펀치세례. 저건…….

"번자권이냐?"

함께 아래로 추락하면서 내가 슬쩍 물었다.

청년의 얼굴색이 바뀌었다.

"의외로군. 무술 변방인 한국인 따위가 이걸 알아보다니."

"실력 죽이던 중국 무술가를 한 명 알고 있지. 살아 있었으면 너 같은 깃보다 더 강했을걸."

"흥, 그렇게 주장하는 놈은 많이 봤지. 모두들 결국 내 앞에 무릎을 꿇었다."

"뭐, 솜씨는 저승 가서 한번 겨뤄봐. 저승 가서 강천성을 찾아봐라."

"……뭐?"

나는 놈에게서 떨어져서 바람의 칼날 24개를 생성시켰다.

자, 아까의 두 배다. 이것도 한번 막아봐라.

파파파파팟—!

바람의 칼날들이 사방에서 청년을 덮쳤다.

"큭!"

청년은 이를 악물더니 다시 한 번 주먹질을 시작했다.

퍼퍼퍼퍼퍼퍼펑!

기가 막힌다.

감탄이 절로 나오게 만드는 실력이었다. 주먹 하나하나에 들어간 절도 있는 동작에서 아마추어와는 다른 전문성과 힘의 집중이 느껴졌다.

바람의 칼날들을 다시 한 번 격퇴한 청년은 공중제비를 돌더니, 한 발로 우아하게 수면을 박찼다.

파아아앙!

솟아오르는 물의 벽!

이번에는 공중으로 가볍게 솟아오르면서 청년은 나에게 발차기를 날렸다.

발끝이 칼날처럼 찔러 들어왔다.

나는 상체를 옆으로 틀어서 피하며 몸을 낮췄다.

한 손으로 수면을 짚었다. 바람의 막이 생성되어 내 손을 받쳐주었다.

나는 평지처럼 한 손으로 물구나무를 서며 한 바퀴 빙글, 뒤로 물러났다.

실프의 힘과 엘프들과 신나게 즐겼던 술래잡기의 성과가 결합된 묘기였다.

회오리를 일으켜 내 몸을 둥글게 둘러쌌다. 그리고 회오리를 면도칼처럼 날카롭게 벼렸다.

칼날 회오리를 만든 채 나는 청년에게 돌진했다.

청년은 잘 걸렸다는 듯이 오러 피스트가 생성된 오른 주먹을 내질렀다.

하지만 충돌 직전, 나는 위로 솟구쳐 올랐다. 칼날 회오리만 계속 남아 청년과 충돌했다.

내가 미쳤냐? 온몸으로 부딪치게.

콰아아아아앙—!

칼날 회오리와 청년의 오러 피스트가 충돌했다. 찢겨진 회오리가 사방으로 비산하며 바다를 물결치게 만들었다.

광풍이 몰아치는 바다 위.

공중으로 날아오른 나는 바람의 칼날 24개와 함께 놈을 덮쳤다.

"이놈이!"

청년은 분노하여 힘껏 솟구쳐 올라 나에게 주먹을 휘둘렀다.

파파파파팟!

내가 쏘아대는 바람의 칼날들을 폭풍 같은 주먹질로 소멸시키며 나에게 다가왔다. 그러나 나는 이번에도 더 높이 날아올라 피했다.

놈의 힘이 빠질 때까지 기다리면 되는데 일부러 맞붙을 필요가 있겠는가?

"겁쟁이! 제대로 붙자!"

청년이 호통쳤다.

"싫은데?"

"시간을 끌면 네놈이 유리할 거라고 생각하나?"

"그런데?"

"멍청한 놈이군."

청년은 그 말을 남기고 다시 추락했다.

왜 나더러 멍청하다고 한 걸까?

그 의미를 나는 금방 알게 되었다.

해적함대에서 잇달아 해적들이 보트를 타고 노를 저어서 다가오고 있었던 것이다. 아마 저들 대부분이 중국인 시험자일 거라고 생각됐다.

차지혜와 빈센트가 탄 우리 돛단배 역시 도망치고 있었지만, 거리는 점점 좁혀지고 있었다.

'그렇구나.'

청년이 헤엄쳐서 돌아간 중년 사내에게 뭐라고 내렸던 지시가 저것인 모양이었다.

청년은 수면을 박차고 다시 날아올라오며 말했다.

"이젠 승부를 볼 생각이 들었나?"

"그래, 이제부터 진짜로 가자."

그러면서 나는 바람의 가호를 시전했다.

지난번에 카르마를 대거 투자해서 마스터한 바람의 가호!

정령술의 위력을 3배 이상 뻥튀기되는 스킬을 시전한 것이다.

바람의 가호의 지속 시간은 3시간.

3시간 동안 나는 3배 이상 강해진 셈이었다.

나는 그대로 청년에게 날아들며 주먹을 날렸다.

권풍이 청년을 덮쳤다.

퍼어어엉!

"큭!"

가볍게 오러로 둘러싼 양팔로 막았지만, 청년의 온몸이 뒤로 날려졌다.

청년은 예상보다 더 강한 권풍의 위력에 놀란 눈치였다.

'한번 제대로 붙어보자!'

나는 미친 듯이 두 주먹을 퍼부었다.

바로 놈이 몇 차례고 선보였던 번자권을 흉내 낸 것이었다. 운동신경 상급 1레벨의 효과로 그럭저럭 제대로 따라할 수 있었다.

권풍이 미친 듯이 쏟아지자 놀란 청년은 오러로 보호막을 만들어 방어했다.

콰콰콰콰콰콰콰쾅—!

망치로 못을 두들기듯 권풍들이 청년을 오러 보호막째로 두들겼다. 계속 밀려난 끝에 청년은 보호막에 둘러싸인 채 바다 속까지 밀려들어가 버렸다.

'헤엄은 칠 줄 아니? 나오는 족족이 수장시켜 주마!'

그렇게 내가 의기양양해할 때였다.

촤아아아악!

물기둥이 솟구치며 청년이 하늘로 쏘아져 올라왔다.

놀랍게도 청년은 옷자락 하나 젖지 않은 채였다.

'저것도 오러 컨트롤의 응용한 건가? 아무튼 대단하네.'

"덤벼라!"

청년은 그대로 나를 향해 날아오며 소리쳤다.

나 또한 계속 흉내 낸 번자권으로 권풍을 미친 듯이 쏟아냈다.

청년 역시 오러 피스트로 소나기 펀치를 퍼부어 맞섰다.

콰콰콰콰콰콰콰콰쾅—!!

지진이라도 일어나는 것처럼 충돌음이 쩌렁쩌렁하게 세상을 울렸다. 폭풍 같은 타격전에서 우위를 보인 쪽은 청년이었다.

놀랍게도 청년은 내 권풍 세례에 맞서면서도 조금씩 앞으로 전진해 오는 것이었다.

'어떻게 저럴 수 있지?'

그것도 땅이 아니라 바다 위인데 말이다.

발아래도 불안정한 상황에서 내 권풍세례를 당하면 뒤로 밀려나야 정상이 아닌가?

그 의문은 금방 풀렸다.

자세히 관찰하니 놈은 권풍과 정면으로 맞서는 게 아니었다. 충돌 순간에 충돌각을 미세하게 조정해 권풍을 옆으로 빗겨 흘려 버린 것이다.

때문에 발로 오러를 발출해 앞으로 나아갈 여유도 있는 것이었다.

'아무래도 이렇게 싸워서는 승부가 안 나겠는데?'

나는 마음을 달리 먹었다.

정령술을 상급으로 올려놓고 바람의 가호도 마스터했다.

거기에 장소도 내 쪽이 유리해서 한번 자신감 있게 붙어본 거였는데, 역시 오러 마스터는 강했다.

'굳이 이럴 필요는 없지.'

나는 청년을 놔둔 채 뒤로 날아서 돛단배로 돌아왔다. 그리고 실프와의 융합을 해제했다. 고양이의 모습으로 돌아온 실프는 내 목에 휘감겨 들었다.

"어떻습니까?"

차지혜가 물었다.

"역시 강하네요. 이대로는 승부가 안 날 것 같아서 돌아왔어요."

"노, 놈이 옵니다!"

빈센트가 고함을 질렀다.

청년이 수면 위를 달리며 빠르게 다가오고 있었다.

지 기상천외한 모습에는 대범한 어부 영감도 놀랄 수밖에 없는 모양이었다.

"우리도 도망가죠. 심하게 흔들리니 배를 꽉 잡으세요."

빈센트와 차지혜는 배의 일부분을 붙잡았다.

"실프!"

─냐앙!

나는 실프에게 마음속으로 지시를 내렸고, 내가 생각한 개념을 받아들인 실프는 고개를 끄덕였다.

이윽고,

퍼어엉!

폭발음과 함께 돛단배가 앞으로 튕겨나갔다. 공기를 응집시켜 압력을 높인 후에 단번에 터뜨려서 충격을 일으킨 것이었다.

그런 폭발을 돛단배의 꽁무니에 잇달아 일으키자, 돛단배는 미친 듯이 앞으로 튕겨나갔다.

흔들리는 배 위에서 차지혜는 한 손으로 버티며 다른 손으로는 떨어지려 하는 빈센트까지 붙잡았다.

나는 운동신경으로 균형을 유지했다.

그렇게 돛단배가 미친 듯이 쏘아져 나가자, 청년과의 거리도 더 이상 좁혀지지 않게 되었다.

"무장, AW50F."

나는 AW50F를 소환해 들고 청년을 향해 쏘았다. 마구 쏘아도 실프가 알아서 조준을 해주었다.

푸슉!!

총탄이 청년의 오러 보호막에 튕겨나갔다. 하지만 그 바람에 청년의 움직임이 약간 둔화되었다.

그런 식으로 계속 사격을 하자 청년은 쫓을 생각을 포기했다.

계속 쫓고 쫓겨봐야 오러 소모만 커진다고 생각한 모양이었다.

우리가 탄 돛단배는 해적함대를 크게 반시계 방향으로 우회하였다.

그러면서 우리를 쫓아오는 보트를 쏘았다.

역시나 대물 저격소총의 위력이란!

한 방을 쏠 때마다 보트가 한 척씩 부서져 침몰됐다.

마법을 할 줄 아는 시험자들은 저마다 방어 마법을 펼쳐서 보트를 보호했다.

나는 방어 마법이 펼쳐져 있지 않은 보트만 골라서 침몰시켰다.

'이건 밑밥이다.'

내가 보트만 노려서 쏜다는 것을 놈들에게 인식시킨 것이다.

그리고 어느 순간, 창을 들고 있는 타락한 시험자를 저격했다.

퍼억!

스코프로 타락한 시험자의 머리가 날아간 것이 보였다.

'아자!'

바로 재장전하고 다른 타락한 시험자를 또 쐈다.

푸슈웈!

다음 타깃 또한 머리가 날아가 즉사해 버렸다.

그제야 타락한 시험자들은 부랴부랴 몸을 바짝 아래로 낮추거나 방패를 들어 저격에 대비하는 모습이었다.

'좋았어.'

타락한 시험자를 죽일 때마다 카르마를 획득할 수 있다.

두 명을 죽였으니 카르마가 상당히 들어왔을 터였다.

그렇게 싸우면서 우회해 해적함대의 후미에 이르렀다.

침몰된 보트에서 내려 헤엄치는 타락한 시험자들이 보였다.

나는 헤엄치는 타락한 시험자를 노려서 2명을 더 사살하는 데 성공했다.

짧은 사이에 4명이나 처치한 것이다!

헤엄치는 타락한 시험자들 또한 내 저격을 피해서 물속 깊숙이 잠수해서 헤엄쳐야 했다.

해적들은 혼란에 휩싸였다.

적은 작은 돛단배 한 척인데, 5척이나 침몰되는 등 형편없이 휘둘리고 있는 것이었다.

지금 나에게 해적들은 빈틈투성이였다.

마법을 익힌 타락한 시험자들이 전부 보트를 타고 나와 있다.

그건 명백한 해적 측의 실책.

지금 해적선은 무방비 상태인 것이다!

푸슈욱―!

콰직!

연달아 2회 사격으로 해적선 한 척의 두 마스트를 쓰러뜨렸다. 두 개의 마스트가 왼쪽으로 가지런히 쓰러지자 해적선도 왼쪽으로 심하게 기울었다.

두 마스트에 주렁주렁 달린 돛들이 물에 젖어 무거워진다. 해적선은 더더욱 기울어져 끝내 가라앉기 시작했다.

헤엄쳐서 다른 배로 탈출하는 해적들로 아수라장.

그렇게 3척을 더 침몰시키니, 타락한 시험자들이 다시 해적선으로 돌아가는 모습이 보였다.

'그래, 돌아가라.'

나는 또 다른 찬스를 노리고 있었다.

해적선에 이른 보트에서 타락한 시험자들이 하나둘 배에 올라가는 모습이 보였다.

나는 그중에 마법을 익힌 타락한 시험자를 노려서 저격했다.

로프 사다리를 타고 해적선으로 오르는 그 순간!

방어 마법을 펼칠 겨를이 없는 바로 그 순간이었다.

푸슉!

마법사의 머리가 폭발하여 사라져 버렸다. 머리 없는 시체가 로드 사다리에 대롱대롱 매달렸다.

"이놈—!!"

고함이 바다에 쩌렁쩌렁하게 울려 퍼졌다.

바로 그 오러 마스터 청년이었다. 머리끝까지 화가 난 청년은 다시 수면 위를 달리며 우리를 향해 질주해 왔다.

'이크!'

그야말로 전력질주를 해오자 나는 화들짝 놀랐다.

'높은 위치인 줄은 짐작했지만, 저렇게 화내는 걸 보니 저 해적선의 지휘관인가 보구나.'

오러 마스터 정도 되는 강자이니 충분히 그런 위치를 차지하고 있을 법도 했다.

'슬슬 도망쳐야겠다.'

총 9척을 침몰시켰고, 타락한 시험자도 5명이나 처치했다.

이만하면 엄청난 전과였다. 하지만 나도 자연의 에너지와 정령술 제한 시간을 꽤 소모해서 이제 슬슬 후퇴해서 재정비할 때였다.

나는 실프를 시켜서 돛단배를 데포르트 항구 쪽으로 몰았다.

청년은 어지간히도 화가 났는지 한동안 계속 쫓아왔지만, 내가 계속 총을 쏘며 견제하자 이내 발걸음을 돌렸다.

어느 정도 거리가 벌어지자 비로소 나는 질주를 멈췄다.

그제야 비로소 빈센트가 노를 잡았다.

능숙하게 노를 저으며 빈센트가 말했다.

"제가 지금 꿈을 꾸고 있는지 헷갈리는 심정입니다. 그 간악한 해적 놈들 배를 9척이나 침몰시켰고, 헤이싱 놈과 겨뤄서 조금도 밀리지 않으셨잖습니까!"

"헤이싱?"

"특이한 이름이지요? 해적단 총수의 이름입니다."

"방금 그놈이 해적단의 우두머리라고?"

"예, 여러 패로 뿔뿔이 갈려 있던 해적들을 하나로 통합시킨 인물입니다. 또한 대단한 권각술을 자랑하는 오러 마스터라

악명이 자자했습죠."

"혜이싱이라……."

나는 그 피어싱에 긴 머리를 묶은 청년을 떠올렸다.

확실히 대단히 강한 상대였지만 그다지 겁나지는 않은 상대였다.

오늘의 대처를 봐도 딱히 날카로운 전략가적 기질을 가진 것 같지도 않았다.

그냥 강하다는 이유 하나로 높은 지위를 얻은 듯했다.

'혹시 그 혜이싱이 리창위가 말한 라이벌 아닐까?'

오러 마스터에 성격도 남 밑에 있는 걸 달가워할 것 같지 않았다. 게다가 해적단의 총수까지 하며 다른 타락한 시험자들을 지휘하는 지위를 가졌다.

그 정도면 리창위를 견제하는 일파의 우두머리로 충분했다.

'만약에 내가 이번 시험에서 혜이싱을 죽인다면 리창위를 도와주는 꼴이 되겠군.'

나는 리창위가 어디에 있을지 생각해 보았다.

길잡이 스킬이 리창위가 있는 방향을 알려주었다.

서쪽.

바로 해적들 본거지가 있는 방면이었다.

"리창위가 해적군도에 있네요."

내 말에 차지혜도 고개를 끄덕였다.

"그가 무엇을 노리는지는 명백합니다."

"혜이싱이 타격을 입기를 기다리겠죠."

어부지리.

헤이싱이 이번 작전에서 나와 싸워서 부상을 입는다면 어떨까?

해적군도에 있는 리창위가 헤이싱을 살해할 공산이 컸다.

나와 싸워 지치거나 부상 입길 기다렸다가 노릴 생각이 아니면, 싸움에 참여하지도 않으면서 이 시기에 해적군도에 있을 이유가 있을까?

'헤이싱은 다혈질로 보였는데, 어쩌면 리창위가 자극해서 예정보다 일찍 공격에 나선 것일 수도 있겠어.'

나는 리창위라는 변수를 고려하지 않을 수가 없었다.

6장

항구 전투

"헤이싱이 똑똑했다면 작전을 중단하고 회군해야 합니다."

항구로 돌아가는 길에 차지혜가 의견을 말했다.

나는 고개를 끄덕였다.

"방금 나 한 사람에게 입은 피해가 그 정도예요. 더 피해 입을 것을 피하고 싶다면 작전을 중단하는 게 맞겠죠."

"하지만 그자의 성격상 그럴 가능성은 희박합니다."

차지혜가 설명했다.

"애당초 공격 나온 것도 지난번의 실패로 받은 질책의 빌미를 타파하기 위해서입니다. 아마도, 리창위가 의도적으로 압력을 넣었을 겁니다."

"제 생각도 그래요."

우습게도 리창위는 내게 기대를 걸고 있다.

지난번에 나와 한 번 마주하고서 무언가 믿음이 생긴 것일까?

내가 헤이싱을 곤경에 처하게 만들 것이라고, 기대를 거는 듯한 행보였다.

"아무튼 그렇다고 헤이싱에게 사정을 봐줄 필요도 여유도 없습니다. 이쪽은 되도록 철저하게 해적 격퇴에 집중해야 합니다. 가능하면 헤이싱을 살려 보내지 않는 게 좋겠군요."

"예."

우리가 대화를 나누는 동안 빈센트는 묵묵히 노를 저었다.

그리고 마침내 항구 선착장이 눈에 들어왔다.

"다 왔습니다!"

빈센트가 기분 좋게 소리쳤다.

"와아아아!"

"왔다!"

"빈센트 아저씨!"

등대 쪽에서 외침 소리가 들렸다. 등대에 모인 어부들이 손을 흔들며 환호하고 있었다.

우리가 무사히 돌아온 걸 확인하고 기뻐하는 모양이었다.

돛단배가 선착장에 도착했다. 선착장을 삼엄하게 지키고 있던 병사들이 도열해 있었다. 그리고 중년 사내가 장교들을 거느린 채 성큼성큼 병사들 사이로 걸어왔다.

바로 아젠 연대장이었다.

그는 평소와 달리 군복도 머리도 아주 깔끔해서 다른 사람을 보는 것 같았다.

"오셨소."

"예."

"다치신 곳이 없어 보여 다행이오. 가신 일은 어찌 되었소?"

"해적선 32척 중 9척을 격침시켰습니다."

"9척이나?"

아젠 연대장의 두 눈이 부릅떠졌다.

"그게 정말이오?"

"설마 거짓말을 할까요?"

"연대장님! 제가 두 눈으로 똑똑히 보았습니다. 늙었다고 제 눈을 무시하시진 않으시겠지요?"

빈센트가 나서서 말했다.

아젠 연대장은 고개를 끄덕였다.

"신이 내린 자네의 눈을 어찌 무시하겠는가. 어땠는지 말해 주시게."

"정말 대단했습니다! 가지고 계셨던 기다랗고 이상한 무기가 불꽃을 뿜을 때마다 놈들의 마스트가 하나씩 뚝뚝 부러지고, 결국 배가 기울어 침몰되었지요."

빈센트는 신이 나서 자신이 직접 본 싸움을 설명했다.

"제 돛단배가 정령의 힘으로 쑥쑥 나아가고, 정말 제 평생에 이보다 더 신기한 경험은 없었습니다!"

빈센트는 나를 가리키며 흥분한 어조로 말을 이었다.

"이분은 그 헤이싱과도 싸우셨습니다!"

"설마 그 해적단 총수 헤이싱 말인가?!"

"예! 그 헤이싱 놈이 바다 위를 펄쩍펄쩍 뛰어왔는데, 이분
께서 하늘을 날아다니며 헤이싱과 크게 한판 싸우셨지요. 하
늘과 바다를 오가면서 싸우는데 정말……!"

빈센트가 떠드는 말을 들으면서 아젠 연대장과 병사들의 얼
굴빛이 놀라움으로 물들어갔다. 그러면서 나를 바라보는 시선
에 점점 존경이 나타나기 시작했다.

급기야 아젠 연대장은 내 손을 꽈악 잡았다.

"정말 감동했습니다! 이 나라가 하지 못한 일을 단신으로 해
내시다니! 경은 영웅입니다!"

"별말씀을요."

"놈들의 기세가 크게 꺾였을 겁니다. 경 같은 영웅이 이 항
구에 있다는 것을 놈들도 똑똑히 알고 있을 테니까요."

"뭐, 확실히 사기가 많이 죽긴 했을 겁니다. 워낙 큰 혼란을
겪어서 그걸 다 수습하지도 못했을 테고요."

침몰된 배에 탔던 해적들을 구조해 주고, 무너진 대형을 제
정비하는 등 수습해야 할 일이 산더미일 것이다.

"그렇다고 방심할 순 없습니다. 큰 타격을 입긴 했지만 해적
들은 공격을 포기하지 않습니다."

내 말에 아젠 연대장도 동의했다.

"물론 방심은 금물입니다. 저희는 오늘 기필코 놈들을 격퇴
하여 다시는 이 항구에 얼씬도 못하게 만들 겁니다."

나도 마찬가지다.

어째 상황이 리창위가 원하는 대로 흘러가는 면이 없지 않았지만 아무튼 좋은 기회임은 틀림없었다.

싸우는 와중에 타락한 시험자를 대거 사살해서 카르마를 대량 획득할 찬스 말이다.

아까의 싸움에서도 5명이나 죽였지만 다다익선 아닌가.

*　　　*　　　*

아젠 연대장의 지휘하에 다들 전투 준비에 돌입했다.

나는 홀로 항구가 내려다보이는 언덕에 자리 잡고 저격을 하기로 했다. 그러고 보니 타락한 시험자를 죽여서 카르마를 얼마나 땄나 봐야겠군.

"석판 소환."

─성명(Name) : 김현호
─클래스(Class) : 33
─카르마(Karma) : +16,500
─시험(Mission) : 해적의 침공을 막아라.
─제한 시간(Time limit) : 무제한

'우와!'

나는 환호성을 지르고 싶은 심정이었다. 무려 16,500카르마!

아까 그 한 번의 전투로 얻은 성과였다. 해적으로 활동하며 흑마법사 조직과 협력까지 하는 악질들이라 마이너스 카르마도 많았던 모양이었다.

그럼 해적단의 우두머리인 헤이싱을 죽인다면 대체 얼마나 더 카르마를 얻을 수 있을까?

그렇게 생각하니 보다 더 의욕이 샘솟았다.

'어찌 보면 나도 그놈들하고 비슷한가?'

놈들은 사람을 해쳐서 마정을 얻고, 나는 그놈들을 죽여서 카르마를 얻는다. 이젠 대물 저격소총에 맞고 신체 일부분이 날아가 버리는 끔찍한 장면이 아무렇지 않게 느껴진다.

오히려 한 방에 사살했다는 쾌감만 느껴질 뿐이었다.

"무장, AW50F."

나는 AW50F를 소환해 땅에 얹어놓고 엎드려쏴 자세를 취했다.

어차피 나쁜 놈들이니까. 죽일 놈들 죽여서 이득 보는 게 뭐가 나빠?

……그런 생각이 점점 내 머릿속에 자리 잡는다.

문득 의문이 든다.

이 세상에 시험이 완전히 클리어되기를 원하는 사람이 몇이나 될까?

아레나 관련 산업에 대거 투자를 한 자본가와 정치가는 당연히 마정을 더 이상 획득할 수 없는 상황을 원치 않겠지.

중국 시험단의 행동이 가장 노골적일 뿐, 사실은 거의 모든 나라 기관이 그 같은 마음일 것이다.

그런데 그게 투자자들만의 생각일까?

나는 시험자 중에서도 다수가 클리어를 원치 않을지도 모른다는 생각이 들었다. 시험으로 인하여 강력한 힘을 손에 넣고 높은 소득을 올릴 수 있게 되었다.

시험자라는 신분!

그것은 자신이 남들과 다른 특별한, 선택받은 존재라는 자부심을 주는 것이다.

만약에 모든 시험을 클리어해서 더 이상 시험을 보지 않아도 된다면 어떨까? 그리고 시험으로 인해 얻었던 스킬들도 전부 사라져 버린다면?

내가 다시 평범했던 나로 돌아가는 것이다.

공무원 시험에 매달려 세월을 보내던 그때의 무기력한 나로.

지금처럼 모두에게 중요한 사람으로 여겨지지 않는다.

그걸 견딜 수 있을까?

돈은 문제가 아니다.

시험자들의 머릿속에 있는 두려움이란 바로 그런 점일 것이다. 어쩌면 지금의 타락한 시험자들은 그걸 두려워했기 때문에 그런 길을 택한 것인지도 모른다.

'차지혜 같은 능력자는 몰라도 말이지.'

원채 시험자이기 전에도 능력이 있었던 차지혜는 어떤 생각을 하는지 모르겠다. 하지만 난 과거의 내가 두렵다. 그때 그 시절로 돌아갈까 봐 무섭다.

그럼에도 나는 시험을 클리어할 것이다.

이혜수.

이준호.

강천성.

3회차에서 죽어버린 내 동료들. 그들은 얼마나 살고 싶었을까?

그들의 목숨을 담보로 살아남은 나다.

그걸 생각해서라도 시험의 최종 목표를 달성하는 것 외의 다른 목적이 있을 수가 없는 것이다.

얼마나 시간이 흘렀을까.

땡땡땡—

데포르트 항구에 타종이 요란하게 울려 퍼졌다.

멀리 해안선을 바라보니 해적함대가 나타난 것이 보였다.

앞에 일렬로 선 5척의 해적선은 방어 마법이 둘러져 있었고, 그 뒤로 나머지 해적선들이 따르는 모습이었다.

내 저격에 대응한 포메이션으로 보였다. 놈들도 나름대로 머리를 쓴 것이다.

'하는 수 없지.'

일단 해적선 마스트를 노리는 건 포기하기로 했다.

좀 더 싸움을 지켜보면서 강자가 나타나면 즉각 저격할 생각이었다. 해적단의 강자란 타락한 시험자일 가능성이 높으니까.

양측이 싸움을 시작했다.

해적들이 배에서 뛰어내려 상륙을 시도했다.

선착장을 비롯해 바다에서 들어오는 길을 전부 차단한 병사들이 화살을 퍼붓기 시작했다.

화살에 맞아 쓰러지는 해적들이 속출했다.

해적들의 무작정 상륙하려는 공격은 다소 무리가 있었다.

해적들 사이에서 당황한 기색이 언뜻 느껴졌다.

'그렇구나. 데포르트 항구에서 이렇게 저항이 있을 거라고 생각을 못 했던 거야.'

그동안 한 패거리인 앗셀 집정관과 데커 연대장의 도움으로 거의 무혈입성하다시피 했으니 말이다.

그 두 사람의 죽음을 아직 모르는 해적들 입장에서는 충격적인 일일 터였다.

맹렬한 화살공세에 해적들의 상륙이 주춤하자, 아젠 연대장이 명령을 내린 것인지 병사들이 함성을 질렀다.

"와아아아아!"

"와아아아!!"

"얼마든지 덤벼—!"

벌써부터 이긴 것 같은 쩌렁쩌렁한 함성 소리. 아젠 연대장이 해적들을 상대로 기세 싸움에서 이기기 위해 심리전을 펼친 듯했다.

아무튼 시작이 좋았다.

해적단은 나름 머리를 써서 우선적으로 방어 마법이 걸린 선두의 5척만 먼저 상륙을 시도했다.

상륙이 끝나면 다시 다른 배들이 방어 마법을 걸고서 상륙을 시도하는 그런 방식으로 보였다.

'마법사가 5명 정도 있는 모양이군.'

내 저격으로 배가 피해 입는 걸 막기 위한 조치였는데, 그 작전은 큰 맹점이 있었다.

일시에 전 병력이 내리지 않고 5척씩만 상륙을 시도하니, 항구 수비군이 쏘는 집중 궁시에 맥없이 무너져 버리는 것이다.

이윽고 해적단 측에서도 헤이싱이 결단을 내린 모양이었다. 뒤에 숨어 있던 모든 해적선이 해안가로 접근하기 시작했다.

'바로 그걸 기다렸다.'

나는 방어 마법이 둘러져 있지 않은 해적선을 노리고 방아쇠를 당겼다.

타아앙—

실프에게 소리차단을 시키지 않았기에 총성이 우렁차게 울려 퍼졌다. 한 해적선의 앞쪽 마스트가 왼쪽으로 쓰러져 버렸다.

타아아앙!

이어서 뒤쪽 마스트까지 부러져 버렸다. 선체(船體)를 못 가누고 기울어진 해적선은 옆에 있던 다른 해적선과 충돌하였다.

"와아아아!"

항구 수비군이 다시 한 번 함성을 질렀다.

타아앙— 타앙— 타아아앙—!

나는 계속해서 저격을 했다.

같은 방법으로 2척이 더 부서져 버렸다.

물론 해적들도 가만히 있지 않았다. 배에서 내린 해적들이 일거에 쏟아지며 개미 떼처럼 육지로 기어 올라오기 시작했다.

항구 수비군이 화살을 퍼부으며 저항했지만, 결국 해적들은 육지에 이르러 병사들과 충돌했다.

방패와 창을 들고 앞에 도열한 병사들이 해적들을 맞아 싸우기 시작했다.

항구 수비군이 훨씬 질서정연했지만, 해적들은 기세등등했다.

실전 경험이 풍부하고 거친 해적들과 지금껏 제 기능을 제대로 못했던 항구 수비군은 질적으로 다를 수밖에 없었다.

그러는 와중에도 나는 계속 해적선들의 마스트를 쏘아서 부서뜨리는 데 몰두했다.

그런데 그때였다.

항구에서 한 인영이 훌쩍 점프해 공중을 날았다.

스코프로 자세히 바라보니 얼굴이 보였다.

바로 헤이싱이었다.

헤이싱은 엄청난 도약으로 단숨에 수비군의 머리를 뛰어넘고 항구에 상륙했다. 그리고 훌쩍훌쩍 건물들을 뛰어넘어가며 하늘을 날 듯이 이동했다.

헤이싱은 내가 있는 언덕으로 똑바로 돌진해 오고 있었다.

내가 있는 언덕을 향해 달려오는 헤이싱.

아마도 해적단은 나를 가장 큰 적으로 인식한 모양이었다.

그래서 내가 어디에서 저격을 하는지 파악되자, 즉시 헤이싱이 직접 나선 것이다.

'그래, 결국은 이렇게 될 줄 알았다.'

그 전에 몇 명이라도 타락한 시험자를 더 죽이고 싶었는데, 일단은 헤이싱과 먼저 결판을 내야 할 듯했다.

"실프, 융합!"

—냐앙!

실프가 소환되어 나와 융합되었다.

파아아앗!

바람이 휘몰아쳐 내 몸을 둘러쌌다.

"바람의 가호!"

AW50F를 무장해제하고 만반의 준비를 다 해놓았다.

리창위와의 근접전에 대비해서 합성스킬 동체시력을 중급 1레벨까지 올려놓은 나였다.

정령술 상급 1레벨과 바람의 가호 마스터까지 합하면 파워에서도 밀리지 않는다.

운동신경도 상급 1레벨이니 상대가 무술의 고수라 해도 내가 기술적으로 크게 밀릴 것 같지 않다.

이는 아까의 바다에서의 싸움에서도 확인한 바였다.

"죽어라—!"

헤이싱의 쩌렁쩌렁한 포효가 여기까지 들렸다.

이쪽으로 똑바로 날아오면서 헤이싱은 오른쪽 주먹에 오러를 잔뜩 모았다.

언덕에 도달함과 동시에 주먹을 내질렀다.

순간적으로 나타나는 오러 피스트. 위기를 느낀 나는 즉시 위로 점프했다.

콰르르르릉!!

언덕이 우수수 무너져 내렸다. 엄청난 파괴력이었다.

그 기세에 순간적으로 놀랐지만 나는 즉시 반격에 나섰다.

칼날 회오리로 온몸을 두르고 헤이싱에게 날아간 것이다.

헤이싱 또한 두 주먹에 오러 피스트를 두르고 맞섰다.

콰콰콰쾅!

칼날 회오리가 오러 피스트에 의해 찢겨 나가기 시작했다.

나는 찢겨진 회오리를 교묘히 조작해 헤이싱에게 향하게 했다.

파파파파팟!

헤이싱은 한 발로 선 채 온몸을 빙글 회전시키며 칼날 회오리의 파편을 모조리 피해냈다. 그런 불안정한 자세에서도 계속 주먹을 뻗은 것이 대단했다.

나는 온몸에 두르고 있던 칼날 회오리를 헤이싱에게 날려 보냈다. 그리고 뒤로 물러나며 소리쳤다.

"무장, 닐슨 H2 2정!"

순식간에 양손에 쌍권총이 나타났다. 나는 회오리와 맞서고 있는 헤이싱을 겨누고 난사했다.

타타타타타탕—

헤이싱은 오러 보호막을 온몸에 둘러서 방어했다. 쌍권총이 퍼붓는 총알을 일일이 피할 재주는 오러 마스터라도 없었던 것이다.

콰아아아앙!

회오리가 오러 보호막과 충돌하여 굉음을 일으켰다.

주변에 있던 돌과 나무들이 사방으로 흩날렸다.

'저 보호막을 뚫어버릴 수 없을까?'

문득 생각이 든 나는 실프의 힘을 권총에 집중했다.

헤이싱을 겨누고 방아쇠를 당기는 순간, 쏘아지는 총알에 집중했다.

나선 홈을 따라 회전하는 총알의 회전력을 실프의 힘으로 극대화시켰다.

보다 더! 보다 더!

이윽고 엄청난 회전력을 가진 총알이 헤이싱에게 쏘아졌다.

파지지직!

"큭!"

오러 보호막의 일부가 찢겨져 나가자 헤이싱의 안색이 변했다.

'성공이다!'

새로운 공격 방법을 터득했다.

포인트는 총알이 타깃에 도달할 때까지 계속 실프의 힘이 작용하게 하는 것이었다.

타깃과의 거리가 멀면 힘의 소모가 너무 커져서 비효율적이지만 지금처럼 가까운 거리에서는 충분히 유효한 기술이었다.

자연의 기운을 꽤 소모하긴 했지만 역시나 오러 보호막을 뜯어낼 정도의 위력을 내게 하는 데 성공했다.

'좋아!'

나는 이 같은 방식으로 쌍권총을 쏘기 시작했다.

타앙! 탕! 탕!

닐슨 H2가 불을 뿜을 때마다 헤이싱의 오러 보호막이 뜯겨져 나갔다.

그렇다면 이건 어떠냐?

나는 정밀한 조준으로 한 지점을 노리고 연사했다.

타타탕―

"큭!"

헤이싱은 오른쪽으로 몸을 날려 총알을 피했다.

총알이 오러 보호막을 관통하고 지나가 헤이싱의 뒤에 있던 나무를 파괴시켰다.

커다란 아름드리나무가 권총 한 방에 뜯겨져 나가 쓰러졌다. 피하지 않았으면 헤이싱이 저 꼴이 됐을 터였다.

"놈, 실력을 숨기고 있었나?"

"아니, 방금 생각해 낸 방식인데 잘되네?"

이를 악문 헤이싱은 재빨리 땅을 박차고 움직여 나에게 다가왔다. 권총을 쏠 거리를 아예 주지 않겠다는 의도였다.

하지만 쌍권총을 쓰는 근거리 접전이 나에게는 그리 생소한 일이 아니었다.

파아앗!

헤이싱의 주먹을 피하면서 오른손에 든 권총으로 다리를 노리고 쐈다.

타앙!

다리를 뒤로 빼며 한 발로 선 헤이싱.

권총의 총구가 다리를 향하는 걸 보자마자 민첩하게 반응한 것이다.

헤이싱의 두 주먹에서 번자권의 폭풍 펀치가 쏟아졌지만, 나 또한 양팔에 강력한 회오리를 두르고서 맞섰다.

주먹폭풍을 피하거나 걷어내면서 틈바구니에 권총을 찔러 넣어 방아쇠를 당겼다.

헤이싱도 권총이 발사되는 순간에 내 팔을 쳐서 총구 방향을 돌렸다.

두 사람의 두 팔이 어지럽게 얽히는 격전이었다.

타앙―

허리를 뒤로 젖혀 피한 헤이싱.

탕―

또 한 발이 다리를 노렸지만 이번에는 한 손으로 땅을 짚고 뒤로 한 바퀴 공중제비를 돌며 사뿐히 피해냈다.

타앙!

또 한 발은 오러 피스트를 뻗어서 쳐 내는 헤이싱이었다.

오러 보호막보다 훨씬 단단한 오러 피스트만큼은 내 정령술이 집약된 사격으로도 어찌할 수가 없었다.

"무술을 익혔나?"

뜬금없이 헤이싱이 물었다.

"아니. 난 그냥 잉여 고시생이었다고."

"움직임에 중국 무술 계통의 느낌이 풍기는데."

그 말에 나는 떠오르는 게 있었다.

"목인장으로 수련했는데 그것 때문인가 보지."

유튜브 동영상을 보면서 목인장 수련을 했던 지난 시간이 헛되지 않았다!

그 수련법에 쌍권총을 적용시켜서 나름대로 연습해 보았던 것이 피가 되고 살이 된 것이다.

거기에 3년 동안 갈색산맥에서 엘프들과 즐겼던 술래잡기가 창의성과 유연성 있는 움직임을 주었고, 상급 1레벨의 운동신경까지 더해졌다.

기간만 얼마 되지 않았을 뿐, 지금의 나는 헤이싱과 마찬가지로 무술가라 할 만한 것이었다.

"자기만의 무술을 창안한 건가. 재미있군!"

헤이싱의 입가에 미소가 지어졌다.

뭐냐, 저 웃음은. 이제 와서 내가 마음에 들었다 이거냐?

나는 피 터지게 싸우다가 우정을 느끼는 취미는 없거든?

미소 짓는 녀석의 얼굴을 향해 나는 한 방 갈겨주었다.

타앙!

즉각 상체를 낮춰 피한 헤이싱은 낮은 자세로 나에게 달려들었다. 마치 레슬링의 태클처럼 낮은 자세였다.

팟!

난 사뿐히 점프하며 공중에서 쌍권총을 쏘았다.

타탕—

왼쪽으로 몸을 빙글 회전시키며 피한 헤이싱은 그대로 회전력이 실린 발차기를 날려 왔다.

놀랍게도 그 발차기에 형태화된 오러가 실려 있었다.

녀석은 주먹뿐만이 아니라 두 발로도 형태를 이룬 오러를 만들 수 있는 모양이었다.

이를테면 오러 소드를 팔다리로 자유자재로 만들 수 있는 거나 다름없었다.

콰아아아앙!

회오리를 둘러서 보호했지만 킥에 얻어맞자 내 몸이 하늘로 부웅 솟구쳤다. 마치 내가 축구공이 된 기분이었다.

'그렇다면!'

하늘을 날면서 나는 잠시 실프와의 융합을 해제했다.

그리고 AW50F를 소환해 쥐고서 헤이싱을 향해 겨누었다.

"실프! 아까 그 방식처럼! 알지?"

—냐앙!

거리는 약 100미터쯤.

구경 12.7㎜짜리 총알에 실프의 힘을 실어 발사할 생각이었다.

총알이 타깃이 도달할 때까지 계속 실프의 힘이 적용되는 기술.

거리가 좀 멀어서 힘의 소모도 크지만 대신 대물 저격소총이니 권총보다 더 큰 위력을 낼 수 있을 터였다.

'간다!'

타아아앙—!!

우렁찬 총성과 함께 총알이 발사되었다.

"크읔!"

12.7㎜ 탄환은 오러 보호막을 종잇장처럼 찢어발기고 헤이싱의 왼쪽 어깨를 할퀴었다.

"실프, 지금처럼 계속 저격해!"

—냐앙!

"카사!"

—왈!

카사가 허공에 나타났다.

"융합하자!"

카사는 그 말을 기다렸다는 듯이 내 품에 뛰어들었다.

화르르르륵!

예전에 엘프 최고의 전사 데릭이 보여줬던 것처럼 내 몸에 이글거리는 불꽃이 뿜어져 나왔다.

"불꽃의 가호!"

불꽃의 가호까지 펼쳐놓고서 나는 헤이싱에게 달려들었다.

내가 카사와 융합하여 헤이싱과 싸우고, 실프는 원거리 저격으로 지원!

아쉬운 점은 불꽃의 가호가 초급 1레벨밖에 안 돼서 정령술의 힘을 증폭시켜 주는 효과가 얼마 안 된다는 점이었다.

그런데 의외의 효과를 발견했다.

지속 시간이 3시간이나 되는 바람의 가호는 여전히 내 몸에 적용되어 있었다.

그것만으로도 나는 실프와 융합한 것처럼 자유자재로 바람의 힘을 쓸 수 있는 것이었다.

'전에는 주먹을 뻗으면 권풍이 뻗어 나가는 정도에 불과했는데.'

아마 스킬을 마스터하면서 보다 더 자유롭게 힘을 다룰 수 있게 된 모양이었다.

정령술의 영향을 받는 스킬이니, 정령술이 상급이 된 영향으로 생긴 효과인지도 몰랐다.

신세계를 발견한 기분이었다.

나는 쌍권총을 두 손에 쥐고 힘을 집중했다.

카사의 힘으로 작약의 폭발을 극대화한다. 또한 그 폭발력은 오로지 탄환을 밀어내는 방향으로 집중시킨다.

그리고 바람의 힘으로 탄환을 끝없이 회전시킨다!

타아앙!

"크윽!"

또다시 오러를 종잇장처럼 찢어버리는 탄환!

가까스로 뒤로 물러나 피한 헤이싱은 크게 당황한 표정이었다.

나는 계속 쌍권총을 난사하며 헤이싱을 몰아세웠다.

정신없이 피하기에 바쁜 헤이싱.

그 순간,

타아앙—

하늘에서 들리는 총성.

동시에 총알이 공기를 찢으며 날아가는 소리와 함께,

콰지직!

오러 보호막을 뚫고서,

픽!

"크헉!"

오른쪽 어깨에 명중!

헤이싱은 고통스러운 신음을 터뜨렸다.

'지금이다!'

승기를 잡은 나는 계속 쌍권총을 난사했다.

내 자연의 기운도 슬슬 바닥을 보이고 있었던 까닭에 나는 총력전을 펼쳤다.

헤이싱은 오른쪽으로 슬라이딩을 해 피해내면서 뭐라고 소리쳤다.

힐링포션이 그의 손에 나타났다.

놈은 몸을 일으키며 힐링포션을 오른쪽 어깨에 콸콸 부었다.

'정말 인정할 수밖에 없네.'

그 짧은 순간에 격렬한 회피 동작을 펼치면서 힐링포션을 꺼낸 센스라니.

아마도 이런 위기 순간을 대비해서 힐링포션 한 병을 아이템화해 둔 모양이었다.

하지만 방금 공격에 성공하면서 나는 헤이싱을 죽일 수 있는 방법을 생각해 냈다.

'생각보다 간단해.'

나는 그 개념을 하늘 위에서 AW50F를 조준하고 있는 실프에게 전달했다. 실프에게서 알았다는 뜻의 긍정이 내 머릿속에 전달되었다.

나는 쌍권총을 헤이싱에게 겨누었다.

헤이싱은 이를 악물며 두 주먹에 오러 피스트를 일으켰다.

"이제 끝이다."

내가 말했다.

"건방진 놈."

"진심이야. 미리 말해두지만 네게 개인적인 원한은 없다. 오히려 리창위가 네게 유감이 많던데?"

헤이싱의 한쪽 눈썹이 꿈틀했다.

"리창위에게 무슨 말을 들은 거냐?"

"뻔한 일이잖아. 리창위가 지금 왜 해적군도에 와 있는 것 같아?"

나는 리창위와 손을 잡은 것처럼 거짓말했다.

헤이싱의 심사를 복잡하게 만들 의도였다.

"리창위 이놈이!"

내 의도대로 헤이싱은 격분했다.

마음이 흔들리면 없던 빈틈도 생긴다.

최후의 일격을 준비하면서 내가 계속 말했다.

"내가 어떻게 너희가 공격해 올 타이밍을 예측했다고 생각해? 너희 내부에서 정보를 제공해 주는 사람이 있다는 의심이 들지 않아?"

"……!"

헤이싱의 표정이 복잡해졌다.

그리고 나는 마침내 움직였다.

승부의 시간이었다. 나는 과감하게 움직였다.

쌍권총을 들어서 두 포인트를 조준했다.

하나는 헤이싱의 머리. 이건 헤이싱의 주의를 끄는 공격이다.

또 하나는 헤이싱을 둘러싸고 있는 오러 보호막의 윗부분.

타앙, 탕!

헤이싱은 내가 원하는 대로 움직였다. 반사적으로 제자리에서 고개만 옆으로 돌려 피한 것이다.

하지만 또 다른 한 발이 오러 보호막의 윗부분을 파손시켰다.

그리고 그와 동시에 실프가 AW50F를 발사했다.

타아아앙!!

내가 쏜 총탄으로 찢겨져 나간 오러 보호막의 틈새로 12.7㎜ 탄환이 파고들었다.

퍼어억!

"크어억!"

헤이싱의 처참한 비명이 울려 퍼졌다.

'됐다!'

나는 짜릿한 희열을 느꼈다.

헤이싱은 털썩 쓰러졌다. 등에서 붉은 피를 철철 흘리고 있었다. 치명상이었다.

'보통은 신체 일부가 날아갈 정도로 강력한 일격인데. 오러

마스터라 그런지 육체가 단단하구나.'

즉사하지 않은 것만으로도 헤이싱의 육체에 감탄이 나온다.

하지만 이걸로 나의 승리였다.

나는 쌍권총으로 헤이싱을 겨누며 가까이 다가갔다.

헤이싱이 들고 있던 힐링포션을 발로 걷어차 버렸다.

"큭······!"

헤이싱은 밀려오는 고통에 이를 악물었다.

간신히 몸을 뒤집어 하늘을 바라보며 누운 헤이싱은 내가 겨누고 있는 권총을 빤히 바라보았다.

"내가 진 거군······."

"그래."

"이렇게 일찍 죽을 줄은 몰랐는데······."

헤이싱은 나직이 한숨을 쉬었다.

"의외로 죽음을 빨리 받아들이네?"

"싸움 중반부터······ 내가 말렸지······ 질 것 같다는 예감이 들었어."

'그렇군.'

나도 그랬다.

중간부터 내가 이길 것 같다는 예감이 들었다.

정확히는 오러 보호막을 찢을 정도의 위력을 내는 사격술을 터득했을 때부터였다.

그때부터 나는 탄력을 받는 기분을 느꼈다. 지금까지 내가 익힌 스킬과 훈련과 경험이 총망라된 듯한 완벽한 싸움을 했다.

반면, 헤이싱은 생전 처음 겪어보는 타입인 나를 상대로 만나는 바람에 시종일관 주도권을 빼앗겼다.

"하나만…… 묻지."

"물어봐."

"그때 네가 말한…… 쿨럭!"

말하다가 헤이싱을 피를 토했다.

그는 이를 악물며 말을 이었다.

"무술가…… 이름이 강천성이라고 했나?"

"그런데?"

"혹시 장티엔성 아니냐?"

"모르겠는데. 중국어 발음으로는 들어보지 못해서. 아무튼 상해 출신이고 번자권과 팔괘장의 달인이었다."

"팔괘장…… 그럼 맞구나……."

헤이싱은 기가 찬다는 듯이 클클 웃었다.

"어릴 적 잘 아는 동네 형이었는데……. 같이 무술을 배우는 사이였는데…… 지도까지 할 정도로 실력이 좋았지."

헤이싱의 목소리가 점점 잦아들었다.

"참 강한 사람이었는데…… 그런 사람도 저승에 있나. 하하…… 모두 거기서 만나겠군. 그래…… 누구나 결국은 거기서 만나게……."

이윽고 그의 목소리가 젖었다.

목에 손을 가져다 댔다. 맥이 잡히지 않았다.

강천성과 아는 사이였다니 의외였다.

그런 인연이 있었구나.

이런 녀석도 그리운 어린 시절이 있었을 거라고 생각하니 어쩐지 기분이 먹먹해졌다.

그렇게 나는 헤이싱을 처치했다.

초토화가 되다 못해 높이가 절반 이상 깎여 내려진 언덕 위에서 나는 멍하니 섰다.

언제까지 이런 싸움을 계속해야 하는지 모르겠다.

'그냥 막 바로 죽일걸. 괜히 쓸데없는 얘기를 들어서.'

기분이 못내 찜찜하고 슬펐다.

나는 한숨을 쉬었다.

그래도 싸움은 계속해야지. 아직 우리가 이긴 것이 아니니까.

나는 하늘에 떠 있는 실프를 불렀다. 그리고 누워 쏴 자세로 저격 준비를 했다.

타앙!

조금 활약한다 싶은 해적은 무조건 쐈다.

특히 머리가 검고 피부가 황색인 적은 무차별로 쏴 죽였다. 중국 시험단의 타락한 시험자일 가능성이 높았기 때문이다.

그렇게 몇 명이나 죽였을까?

다시 시작된 저격에 해적 측은 헤이싱이 패배했다는 것을 깨달은 모양이었다.

기세 좋게 항구를 침략했던 해적들은 썰물처럼 후퇴를 개시했다.

나는 놈들이 배를 타고 항구를 떠날 때까지 저격을 멈추지 않았다.

배를 전부 파괴해서 도망 못 가게 할까 싶었지만 그건 관두기로 했다.

나도 힘이 거의 바닥난 참이었다.

도망갈 길을 잃은 중국 측이 필사적인 각오로 반격에 나선다면 당해낼 수 없을 것 같았다.

땡땡땡—! 땡땡땡—! 땡땡땡—!

타종이 연속으로 울려 퍼졌다.

그와 함께 항구 수비군의 뜨거운 함성 소리도 울려 퍼진다.

우리가 승리한 것이었다.

파아앗!

바로 옆에 시험의 문이 생성되었다. 시험이 클리어된 것이다.

위잉, 위잉.

교신기가 울렸다.

받아보니 차지혜였다.

—무사하십니까?

"네, 지혜 씨도 무사하죠?"

—예, 시험의 문이 옆에 나타났습니다. 그런데 헤이싱을 처지하신 겁니까?

"예, 간신히요. 저도 시험의 문 나타났어요."

—돌아가기 전에 교신기와 인공근육슈트를 돌려드려야겠습니다.

"그럼 우선 여관에서 봬요."

—예.

나는 데포르트 항구로 달려갔다.

항구는 번잡했다.

도시 밖으로 피난을 떠나 있던 사람들이 승리의 타종 소리를 듣고서 돌아오고 있던 것이다.

나는 눈에 띄지 않으려고 그 틈에 끼어서 조용히 항구 안에 들어섰다.

하지만 내가 나타나자 병사들이 나를 가리키며 소리쳤다.

"영웅님이다!"

"저분께서 우릴 승리로 이끌어 주셨어!"

"오딘 울펜부르크 백작님의 수하야!"

그러자 사람들의 이목이 나에게로 쏠렸다.

"와아아아!"

"만세—!"

"영웅님 만세!!"

사람들은 그저 나를 보며 환호하고 박수를 쳤다.

갑자기 주목을 받자 부끄러워진 나는 머리를 긁적이며 자리를 피했다.

사람들은 양옆으로 길을 비켜주면서도 박수치고 환호하는 것을 잊지 않았다.

그렇게 개선장군이 된 듯한 기분을 느끼며 묵던 여관으로 돌아왔다.

"오셨습니까."

"예."

차지혜는 이미 옷을 다 갈아입었는지, 인공근육슈트와 교신기를 내게 내밀었다.

인공근육슈트에서 그녀의 살 내음이 나는 것 같아서 나는 조금 민망해졌다.

"왜 그러십니까?"

"예? 아, 아, 아무것도 아니에요."

"혹시 냄새가 나서 그렇습니까?"

"크헉! 아, 아니에요! 나쁜 냄새가 아니……!"

거기까지 말한 뒤에야 나는 내 스스로 자폭했음을 깨달았다.

"나쁘지 않다니 다행입니다."

'끄아아아악!'

그녀의 사무적인 어조가 나를 더욱 쪽팔리게 만들었다.

어쩐지 그녀가 살짝 웃은 것 같은데, 내 착각인지 확신할 수가 없었다.

"그럼 나가 있을 테니 김현호 씨도 옷을 갈아입으시죠."

"예……."

차지혜가 밖으로 나가 있는 동안 나는 스스로에 대한 한심함을 느끼며 인공근육슈트를 벗었다.

슈트와 교신기를 모두 가공간에 넣은 후에 다시 차지혜를 불러들였다.

"석판 소환."

차지혜는 석판을 소환하고 이어 말했다.

"시험을 끝내겠다."

파아앗!

그러자 다시금 시험의 문이 생성되었다.

우리는 문을 열고 차례로 안으로 들어섰다.

* * *

뿌우우― 뿌우―

"축하합니다!"

아기 천사가 나팔을 요란하게 불며 반겼다.

"레퍼토리가 너무 뻔한데. 다른 건 없냐?"

내가 묻자 아기 천사가 말했다.

"그럼 다음에는 폭죽이라도 터뜨릴게요."

"마음대로 해라."

"그건 그렇고, 시험자 김현호. 이야, 이번에도 대활약을 하셨네요?"

"대활약을 하지 않으면 못 깨는 시험만 주고 있잖아."

"그래서 그게 불가능했던가요?"

"……가능하니까 살아남았지."

"거봐요. 불가능한 시험은 주지 않는다고 몇 번을 얘기해요."

문득 나는 불길한 예감이 들었다.

"혹시 말이야."

"맞아요."

"……?!"

"댁이 생각하고 있는 그 설마가 맞아요."

아기 천사는 내 생각을 읽고서 선수를 쳤다.

나는 아득함을 느꼈다.

내가 묻고 싶은 질문은 이거였다.

이번 시험에서 내가 강해진 만큼 다음 시험의 난이도도 더 어려워지는가?

답은 예스.

이 악랄한 시험 체계는 내가 얼마나 성장할지도 전부 염두에 두고, 간신히 클리어할 정도의 난이도를 제시한다.

"더불어 시험자 차지혜도 요번에 꽤 카르마를 많이 얻으셨던데, 그 점도 전부 감안될걸요? 카르마 보상 잘못 받으면 큰일 나요."

나는 얄밉게 웃는 아기 천사에게 총을 쏘고픈 충동이 들었다.

"자자, 그럼 돌아가서 편히 쉬세요. 아쉽지만 100일 뒤에 또 뵙죠!"

이번 휴식 시간도 100일인 모양이었다.

*   *   *

현실로 돌아왔다.

노르딕 시험단 본부의 지하에서 깨어난 나는 안도감을 느꼈다.

'얼마나 성과를 얻었는지 한번 볼까?

타락한 시험자도 많이 죽였겠다, 시험도 완벽하게 클리어했겠다, 카르마를 얼마나 얻었을지 기대가 컸다.

석판을 소환하려고 할 때였다.

쾅쾅쾅!

누군가가 밖에서 거칠게 문을 두들겼다.

"현호! 문 열어 현호!"

마리 요한나였다.

나는 한숨이 나왔다.

문을 열어주자,

와락!

마리가 비호처럼 덤벼들어 내 품에 안겨들었다.

"보고 싶었어!"

나무늘보처럼 내 목에 매달린 마리는 내 허리를 두 다리로 감고 날렵하게 등 뒤로 이동하는 재주까지 부렸다.

"마리 씨는 어때요? 시험은 클리어하셨어요?"

"웅! 계속 오딘 옆에 붙어 있으나 지겨웠어."

하기야 마리의 시험은 오딘의 신변 보호였다. 오딘이 무사히 돌아왔다면 마리의 시험은 클리어된 것이었다.

"김현호 씨!"

오딘의 쾌활한 목소리가 울려 퍼졌다.

마찬가지로 시험을 마치고 나온 오딘은 반갑게 날 보았다.

"해적들은 물리치셨소?"

"예, 그리고 헤이싱을 처치했어요. 헤이싱이라는 이름을 들어보셨나요?"

그러자 오딘의 얼굴이 경악으로 물들었다.

"카르마 총량 세계 13위라는 헤이싱 말이오?"

"13위요?"

"그렇소. 1년 전 중국 시험단의 발표에 따르면 그랬소. 타락한 시험자가 되어서 그 후로는 카르마를 얻지 못해 서열이 떨어졌지만, 한때는 8위에 랭크되었던 인물이오."

그 정도로 거물이었을 줄이야. 하긴 그 정도였으니 리창위의 라이벌이 되었겠지.

"중국 시험단 내에서 리창위의 독주를 견제하는 유일한 인물로 알려졌었는데, 설마 그런 자를 처치할 줄이야!"

오딘은 놀랍다는 듯이 나를 보았다.

이제 8회차인 나였다.

그런 내가 세계 서열 톱10에 회자되었던 거물과 싸워 이겼다니 신기할 법도 했다.

'헤이싱이 세계 서열 13위였던 말이지?'

나는 자신감이 생겼다.

꼼수나 잔수작이 아닌, 정면 승부로 헤이싱과 맞붙어 이겼기에 더욱 그랬다.

이제는 나도 남의 눈치를 보지 않아도 되는 강자가 된 것이다!

"헤이싱이 죽었다면 중국 시험단은 리창위의 지배체제가 되겠구려."

내 생각도 그랬다.

의도치 않게 나는 리창위가 원하는 시나리오대로 움직여 주었다.

나로서는 시험을 클리어하기 위해 최선을 다했을 뿐이지만 결국 리창위에게도 이득이 돌아가고야 말았다.

'그래도 나 역시 전보다 상황이 훨씬 좋아졌다.'

나는 헤이싱을 죽였다.

리창위의 입장에서도 얕볼 수 없는 강자였던 헤이싱을 죽일 정도로 강하다는 것을 입증한 셈이었다.

리창위도 이제 나를 얕볼 수 없다.

또한 목적을 이룬 리창위의 입장에서는 굳이 나와 적대할 이유가 없었다. 따라서 리창위가 중국 시험단을 장악하고 나면 더 이상 중국 측에서 나를 음해하려 들 일은 없을 터였다.

'그보다 카르마를 얼마나 얻었나 확인해 봐야겠군.'

나는 석판을 소환했다.

7장

돌아와서

—성명(Name): 김현호
—클래스(Class): 4ㅁ
—카르마(Karma): +41,ㅁㅁㅁ
—시험(Mission): 다음 시험까지 휴식을 취하라.
—제한 시간(Time limit): ㅁㅁ일 23시간

그저 입이 쩌억 벌어졌다.

로또 1등에 당첨되면 이런 기분일까?

일단 눈을 의심해 보고, 꿈이 아닌지 의심해 보고, 혹시 착각은 아닌지 다시 의심해 본다. 그리고 나서야 마침내 가슴이 벅차오르는 기분 말이다!

내 표정을 봤는지 마리가 입술이 닿을 정도로 가까이 얼굴을 들이대며 물었다.

"현호, 카르마 많이 받았어? 응?"

"예, 예. 일단 좀 떨어져 보세요."

"왜?"

"입술이 닿으려 하잖아요."

"아항."

순간 마리의 눈빛이 장난기 많은 고양이처럼 변했다. 그리고는 덜컥 내게 입맞춤을 하는 게 아닌가.

뭐라고 제지할 틈도 없었다. 아 놔, 이 정신병자 여자는 하여간…… 예쁘지만 않았으면 주먹으로 다스렸을 텐데.

그때였다.

"성과는 있으십니까?"

"으악!"

뒤에서 들리는 특유의 사무적인 목소리에 나는 기겁했다.

"뭘 그렇게 놀라십니까?"

차지혜가 의아함을 표했다.

"아, 아니요. 놀랄 정도로 카르마를 많이 땄거든요."

나는 허둥지둥 변명했다.

어쩐지 차지혜의 눈빛이 또다시 눈웃음을 띠는 듯했다.

"잘됐군요. 이번에는 저도 성과가 좋았습니다."

"그래요?"

"시험 성적이야 김현호 씨만큼 활약하지 못해서 기대에 못

미쳤지만, 대신 타락한 시험자 3명을 처치했습니다."

"셋이나요?"

나는 놀란 얼굴이 되었다.

솔직히 내가 비정상적으로 강해졌을 뿐, 차지혜는 아직 오랫동안 아레나에서 구른 베테랑들인 타락한 시험자들과 싸우기에 부족함이 있었다.

그런데 셋이나 처치하다니 놀랄 정도의 활약이었다.

"인공근육슈트의 덕을 크게 보았습니다. 20배의 힘으로 기습을 가하니 상대가 제대로 방비를 못하고 당했습니다."

그렇구나.

인공근육슈트가 완력을 20배로 증폭시켜 주니 쌍곡도로 근접전을 펼치는 차지혜에게는 유리한 면이 많았다.

상대가 칼을 휘두르는데 그 힘이 내 예상보다 20배나 더 세면 어떨까? 누구라도 당할 법하다.

뭐, 똑똑한 차지혜인데 무모한 싸움을 했을 리 없지.

"아무튼 일단은 카르마 보상부터 해볼까요?"

"그러죠."

"자자, 그것도 좋지만 일단은 식사부터 하시는 게 어떻소?"

오딘이 끼어들며 제안했다.

그러고 보니 하루 종일 싸우느라 식사를 안 했구나. 기껏해야 빈센트와 함께 나눠먹은 생선구이가 다였다.

나는 고개를 끄덕였고 차지혜 역시 동의했다. 우리는 함께 식당에서 식사를 했다.

막 시험을 마치고 돌아온 우리를 배려해 준 것일까?

식단이 꽤나 호화로웠다.

적당히 잘 구운 스테이크와 피자, 스파게티 등등 아주 먹고 죽으라고 식탁에 음식이 잔뜩 쌓였다.

마리는 눈에 불을 켜고 포크와 나이프를 미친 듯이 움직였다. 덩치도 작은데 식성이 어찌나 좋은지 내가 다 놀랄 지경이었다.

오딘은 마치 아버지처럼 마리를 흐뭇하게 바라보았다.

"저래 봬도 마리가 고생이 많았소. 낮이나 밤이나 은신한 채로 내 주변을 감시해야 했는데, 먹고 자는 것도 마음 편히 못했소."

나는 의외라는 듯이 마리를 바라보았다.

어린애처럼 참을성 없고 생떼를 잘 부리는 그녀인데, 의외로 아레나에서는 암살자의 고된 싸움을 잘 수행한다.

"많이 힘들었겠네요."

"웅! 무지무지 힘들었어."

마리는 그렇게 투덜거리며 나에게 엉겨 붙는다.

나는 그녀의 머리를 슥슥 쓰다듬어 주었다. 마리는 헤헤 웃으며 더 쓰다듬어 달라는 듯 머리를 들이민다.

식사를 하다가 오딘은 문득 나에게 한 가지 제안을 했다.

"세계 시험자 랭킹에 등록하시는 게 어떻겠소?"

"그 랭킹이 의미가 있을까요? 자기 본 실력을 감춘 시험자도 많고, 단순 카르마 총량이 시험자의 실력을 전부 반영하는 것도 아니고요."

내 말에 오딘은 껄껄 웃었다.

"물론 시험자들 사이에서는 특별히 의미가 있는 지표는 아니오. 말씀처럼 자기가 어떤 스킬을 익혔는지는 다들 비밀로 하고 있고 말이오."

"그런데 거기 등록하는 게 의미가 있을까요?"

"있소."

오민은 단호하게 말했다.

"기관들이 서로 정보를 공유해서 시험자들의 카르마 총량 랭킹 같은 지표를 만든 이유는 하나요."

"뭐죠?"

"아레나 관련 사업에 뛰어든 투자자들을 위한 참고 지표요. 김현호 씨가 고위 랭커로 깜짝 등장을 하면 아레나 업계를 지배하는 투자자들에게 깊은 인상을 줄 수 있소."

"으음……."

"그 정도의 거물이 된다면 누구도 김현호 씨를 얕보지 못할 거요."

그 말에 차지혜도 고개를 끄덕이며 덧붙였다.

"한국아레나연구소도 김현호 씨를 더 이상 어찌하지 못할 겁니다."

"그래요?"

"물론입니다. 한국아레나연구소가 한국의 국가기관이긴 하지만 세계 아레나 업계에서 그다지 힘있는 조직이 아닙니다."

뭐, 힘있는 조직이 아니니까 중국 시험단 눈치를 살살 보는 거겠지.

"김현호 씨 같은 정상급 시험자를 한국아레나연구소가 놓쳤다는 점은 확실하게 김중태 소장의 실책이 됩니다. 김중태 소장에 대한 정부의 신임에 금이 갈 겁니다."

그리고 김중태 소장이 실각하면 후임 소장과 협의를 통해 차지혜의 신분 복권도 가능해질 터였다.

"한번 생각해 볼게요. 나쁘지 않을 것 같네요."

어차피 회복 능력으로 이 업계에서는 잘 알려진 터였다.

이참에 아예 내가 강자라는 것을 똑똑히 알리는 것도 나쁠 것 같지 않았다.

식사를 마치고 나는 차지혜와 함께 따로 카르마 보상에 대한 협의를 했다.

"41,000카르마?"

"네."

차지혜는 내가 이번에 얻은 카르마의 양에 놀란 눈치였다.

그러나 이내 수긍한 듯 고개를 끄덕였다.

"하기야 이번 시험 클리어도 김현호 씨의 활약이 두드러졌고, 헤이싱을 비롯해 타락한 시험자도 여럿을 처치하셨으니 당연합니다."

"예, 운이 좋았죠."

"실력입니다. 이번 싸움은 처음부터 끝까지 김현호 씨의 실력이었습니다."

아…….

왜 이 여자한테 칭찬받는 게 이렇게 기분 좋지.

나는 쑥스러움에 머리를 긁적였다.

"일단은 정령술의 위력을 강화하는 쪽으로 카르마를 투자하려고요."

가장 먼저 생각한 것은 불꽃의 가호였다.

바람의 가호로 실프와 융합했을 때 힘이 3배 이상 증폭되었다.

마찬가지로 불꽃의 가호를 마스터해서 카사와 융합했을 때의 위력을 비약적으로 높일 생각이었다.

'실프를 이용한 새로운 사격법처럼 카사도 더 잘 이용할 방법이 없을까?'

총알이 타깃에 도달할 때까지 계속 실프의 힘이 작용하게 하는 방식으로 나는 헤이싱의 오러 보호막을 뚫었다.

실프의 힘은 총알의 회전력을 끝없이 극대화하는 방법으로 사용할 수 있었다.

하지만 카사의 불의 힘은 작약의 폭발력을 늘리는 것 말고는 달리 응용할 길이 없었다.

그 점은 궁리를 해봐야 할 것 같았다.

아무튼 나는 우선 불꽃의 가호를 마스터하는 데 카르마를 투자하기로 했다.

"석판 소환, 불꽃의 가호를 마스터까지 올리는 데 카르마가 얼마나 드는지 보여줘."

그러자 소환된 석판에 설명이 나타났다.

—불꽃의 가호(합성스킬)를 마스터까지 올리는 데 필요한 카르마를 보여드립니다.
—불꽃의 가호(합성스킬): 신체를 통해 강한 불꽃을 일으킵니다. 사용자의 집중력과 스킬레벨, 정령술의 스킬레벨의 영향을 받습니다.
＊마스터: 하루 3시간.
—마스터까지 5,400카르마가 소모됩니다.

—잔여 카르마: +41,000

불꽃의 가호도 바람의 가호와 마찬가지였다.
마스터하면 쿨타임이 사라지고 무조건 하루에 3시간은 자유롭게 사용할 수 있었다.
"마스터하겠다."
나는 석판에 대고 말했다.

—5,400카르마로 불꽃의 가호(합성스킬)를 마스터까지 올립니다.
—잔여 카르마: +35,600

파앗!
석판에서 빛이 번쩍거리며 뿜어져 나와 내 몸에 스며들었다.
좋아, 불꽃의 가호는 마스터했고, 이제 어떤 스킬을 올릴까?

"정령술을 몇 레벨까지 올릴 수 있는지 보여줘."

─보유하신 모든 카르마를 정령술(메인스킬)에 쓰실 경우를 보여드립니다.

─정령술(메인스킬): 상급 정령을 소환하여 대자연의 힘을 발휘하며, 스스로 자연의 기운을 받아 육체능력이 비약적으로 향상됩니다.

*소환 가능한 정령: 실프, 카사

*상급 8레벨: 소환시간 17시간, 정령과 융합하여 정령의 힘을 스스로 발휘할 수 있습니다.

─정령술(메인스킬) 상급 8레벨까지 33,600카르마가 소모됩니다.

─잔여 카르마: +35,600

'상급 8레벨이라……'

현재 내 정령술은 상급 1레벨.

단숨에 상급 8레벨이 되면 위력도 대폭 강화될 게 분명했다.

하지만 이미 바람의 가호와 불꽃의 가호 두 스킬을 마스터해서 정령술의 위력이 3배가량 증폭된 상태였다.

헤이싱과 싸울 때도 위력 면에서는 부족함을 느끼지 못했던 나였다.

여기서 정령술의 레벨을 높여서 위력을 높이기보다는, 다른 스킬에 투자하는 편이 더 효율적이지 않을까 하는 생각이 들었다.

예를 들면 운동신경이나 동체시력 같은 스킬 말이다.

운동신경과 동체시력은 합성스킬이므로 마스터까지 올리는 데 카르마가 그리 많이 소모되지 않을 터였다.

한번 확인해 봐야겠군.

"운동신경을 마스터하는 데 필요한 카르마를 보여줘."

—운동신경(합성스킬)을 마스터까지 올리는 데 필요한 카르마를 보여드립니다.

—운동신경(합성스킬): 몸을 움직이는 요령이 향상됩니다.

＊마스터: 몸을 쓰는 모든 일의 달인이 됩니다.

—마스터까지 올리는 데 8,000카르마가 소모됩니다.

—잔여 카르마: +35,600

생각난 김에 동체시력도 확인해 보았다.

—동체시력(합성스킬)을 마스터까지 올리는 데 필요한 카르마를 보여드립니다.

—동체시력(합성스킬): 빠르게 움직이는 대상을 잘 볼 수 있습니다.

＊마스터: 빠르게 움직이는 대상의 동선을 미리 볼 수 있습니다.

—마스터까지 올리는 데 11,600카르마가 소모됩니다.

—잔여 카르마: +35,600

'미리 본다?'

즉, 누군가가 검을 휘두른다면 그 검이 어떻게 휘둘려질지 미리 볼 수 있다는 뜻이었다.

나는 차지혜에게 의견을 물었다.

차지혜는 당연하다는 듯이 말했다.

"운동신경과 동체시력을 마스터하셔야 합니다."

"그래요?"

"당연합니다. 상대의 동선을 미리 볼 수 있고, 이를 응용할 수 있는 운동신경까지 갖춰진다면 근접전에서 무적이 되십니다."

그녀가 말을 이었다.

"거기다가 김현호 씨는 궤도감지라는 스킬도 익히신 것으로 알고 있습니다."

"예."

궤도감지는 지난번에 습득한 합성스킬이었다.

길잡이와 357매그넘탄을 합성해서 만든 스킬인데, 적의 원거리 공격 궤도를 미리 볼 수 있는 효과를 가졌다.

"그것까지 더하면 근거리든 원거리든 무서울 게 없어지지 않습니까?"

"……생각해 보니 그러네요?"

나는 운동신경과 동체시력을 마스터하기로 결심했다.

—8,ㅁㅁㅁ카르마로 운동신경(합성스킬)을 마스터까지 올립니다.
—11,6ㅁㅁ카르마로 동체시력(합성스킬)을 마스터까지 올립니다.

—잔여 카르마: +16,ㅁㅁㅁ

운동신경과 동체시력을 마스터했다. 나는 당장 그 효과를 확인해 보고 싶어졌다.

"잠깐 저랑 가볍게 대련 좀 해주시겠어요?"

"좋습니다."

우리는 가볍게 맨손으로 대련을 하기로 했다.

쌍곡도가 없지만 그녀의 본래 특기는 무에타이였다.

마주 보고 서자마자 거침없이 프런트 킥을 날리며 들어왔다.

준비동작도 없는 재빠른 선공이었다.

그런데 갑자기 그녀의 다리가 내 복부를 향해 뻗어 나는 것이 흐릿한 영상으로 보이는 게 아닌가.

나는 놀라서 한 발짝 뒤로 물러나 피했다.

"계속 갑니다."

차지혜는 스텝을 밟으며 과감하게 접근해서 원투 잽을 날렸다.

이번에도 마찬가지였다.

그녀의 주먹이 얼굴을 향해 뻗어오는 것이 흐릿한 영상으로 미리 보였다.

나는 그 흐릿한 영상을 참고하여서 어렵잖게 피했다.

'이게 동체시력 마스터의 효과구나!'

그 흐릿한 영상은 바로 동체시력 스킬이 그녀의 동선을 미리 보여준 것이었다.

"방어 상관 마시고 무조건 빠르게 공격해 주세요. 피하기만 할게요."

"좋습니다."

차지혜는 아예 바짝 가까이 다가와 펀치와 킥을 무차별로 날렸다.

피하기 힘든 근거리임에도 나는 모든 공격을 피하거나 막았다.

원투 잽에 이어 날카롭게 들어오는 미들 킥 콤비네이션도 간단하게 막아냈다.

그녀는 점점 고난이도의 기술을 쓰기 시작했다. 펀치 모션으로 들어갔다가 팔꿈치로 가격하는 기교도 부렸지만, 나에게는 먹히지 않았다.

공격이 모조리 막히자 차지혜는 공격을 중단했다.

"제 공격이 전부 보이십니까?"

"네."

"묘한 기분입니다."

"뭐가요?"

"오래전에도 이렇게 스파링을 한 적이 있었던 것으로 기억합니다."

"아……."

내가 막 2회차를 넘긴 애송이였던 시절, 차지혜와 스파링을 했었지.

그때 이 여자는 내게 가차 없이 카운터를 먹인 후에 무차별로 두들겨 팼더랬다.

"제게는 16년이나 된 일입니다."

"제게도 4년이 지났어요."

시간의 괴리. 그리고 함께 공유하고 있는 추억.

이제는 내가 그녀의 공격을 얼마든지 피할 수 있을 정도로 성장했다.

현실에서는 1년밖에 안 되었는데도, 우리에게는 추억이라고 부를 만한 일이 되어버렸다.

"한 번 더 하죠."

묘한 분위기가 흐를 때, 차지혜가 입을 열었다. 그제야 나도 아련한 기분에서 깨어났다.

"아, 예."

차지혜는 다시 공격을 시도했다. 빠르고 짧게 끊어지는 펀치를 속사포처럼 이어나갔다.

다양한 방향에서 얼굴을 노리는 펀치세례.

하지만 동체시력 마스터로 인하여 모두가 느리게 보이고 펀치가 어떻게 움직이는지 미리 알 수 있었다.

답안지를 보고 문제를 풀듯이 나는 고개를 좌우로 저어서 펀치를 모조리 흘렸다.

그런데 그 순간, 차지혜의 레프트 잽과 함께 로우킥이 내 정강이를 강타했다.

퍼억!

나는 움찔했다.

체내에 흐르는 자연의 기운 덕분에 고통은 완화되었지만, 그래도 놀라지 않을 수 없었다.

"보는 것에 너무 집중해서 시야에 들어오지 않는 공격에 취약해지셨습니다."

"아, 그러네요."

운동신경 마스터. 테크닉 측면에서도 나는 차지혜에게 밀리지 않을 터였다. 하지만 정신적으로 방심하면 이런 일격을 먹게 된다는 사실을 깨닫게 되었다.

스킬로는 다 채워지지 않는 정신적인 부분.

아마 일반 시험자와 리창위 같은 무술가 출신 시험자의 차이가 이런 것이리라.

"한 번 더 부탁드릴게요."

"좋습니다."

차지혜는 다시 공격을 시도했다. 이번에는 시야 밖에서 들어오는 공격까지 꼼꼼하게 방어했다.

그런데 어느 순간, 차지혜가 라이트 훅으로 내 주의를 빼앗으며 달려들었다.

그대로 내 품에 파고들더니, 내 몸을 와락 끌어안고 번쩍 들어 올렸다.

나름대로 들리지 않으려고 두 발을 땅에 붙이고 방어했지만, 이상할 정도로 큰 힘에 내 몸이 들어 올려졌다.

'⋯⋯?!'

차지혜는 그대로 나를 바닥에 내동댕이쳤다.

나는 차지혜의 힘에 깜짝 놀랐다.

인공근육슈트를 입은 것도 아닌데, 제대로 무게중심을 잡고 있던 나를 억지로 들어서 내리꽂다니!

차지혜는 내 위에 올라타서 주먹을 내려쳤다.

파앗!

고개를 돌려 피한 나는 두 팔로 그녀를 끌어안았다. 딱히 주짓수나 레슬링 같은 걸 배운 적은 없지만, 몸에 배인 운동신경에 의해 본능적으로 방어에 나선 나였다.

뒤얽혀 엎치락뒤치락하다가 문득 내가 물었다.

"체력보정 올리셨어요?"

"예, 상급 1레벨입니다."

허⋯⋯.

중급 5레벨보다도 한 단계 위 등급이었다. 그래서 완력에서 나를 압도한 것이군.

하지만 그녀의 그래플링은 무에타이처럼 능숙하지 않았다.

나는 금세 뿌리치고 빠져나와, 역으로 그녀의 허리를 뒤에서 끌어안았다.

끌어안은 채 그대로 반 바퀴 뒹굴며 반대편으로 차지혜를 뒤집었다. 상위 포지션을 점유한 뒤에 주먹을 내려쳤다.

물론 주먹은 그녀의 얼굴 앞에서 멈췄다.

"몸싸움에 약하다는 약점도 있었네요."

"상대방과 거리를 유지하는 것도 주의하셔야 할 것 같습니다."

"그래야겠어요."

대화가 중단되자 문득 이상한 분위기가 또다시 흘렀다.

그러고 보니 우리는 아주 가까이 밀착한 채 누워 있었다.

그녀의 체향이 물씬 풍겼다.

인공근육슈트를 벗어주었을 때 맡을 수 있었던 그 자극적인 향기였다.

"······."

"······."

숏컷이 잘 어울리는 강한 인상의 예쁜 얼굴.

다양한 감정을 잘 담는 큰 눈이 무표정의 딱딱함을 중화시킨다.

새삼 이렇게 가까이서 보니 차지혜는 굉장히 아름다웠다.

차지혜의 큼직한 두 눈이 나를 가만히 응시한다 그녀는 특유의 사무적인 어조로 비켜달라고 하지 않았다.

그냥 가만히 나를 바라볼 뿐이었다.

나는 그녀의 눈빛에 빨려 들어가는 듯한 기분이 들었다. 아무런 생각도 들지 않았다.

내 얼굴이 그녀의 얼굴에 점점 다가갔다.

입술이 맞닿았다.

차지혜는 순순히 내 입술을 받아들였다. 서로의 온기를 주고받는 동안, 그녀는 가만히 나를 바라볼 뿐이었다.

그러다가 어느 순간, 그녀가 오른손을 들어 내 머리를 쓰다듬었다. 그것이 신호였다. 그녀도 나도 보다 격렬하게 키스를 했다.

한참 뒤.

우리는 입술을 떼고 서로를 보았다.

"집으로 돌아갈까요?"

내가 물었다.

"예."

차지혜도 동의했다.

우리는 서로 마음이 통한 것처럼 자리에서 일어났다.

숙소로 돌아온 나는 옷가지를 가방에 챙겨 넣으며, 한국행 비행기 티켓을 예매했다.

갑작스런 결정이었지만 퍼스트 클래스는 자리가 많이 남아 있어서 쉽게 예약할 수 있었다.

갑자기 떠난다니 오딘을 비롯한 노르딕 시험단 사람들이 섭섭함을 표했지만 100일이 지나기 전에 다시 보자고 약속했다.

쫓아가겠다고 난리 치는 마리도 떼어놓고서 우리는 떠났다.

코펜하겐 국제공항에서 비행기를 타고 덴마크를 떠났다.

비행기를 타고 한국으로 향하는 동안에도 차지혜와 나는 한 마디도 나누지 않았다.

어색한 그런 침묵이 아니었다.

약속이라도 한 것처럼 우리는 조용히 입을 다물고 있을 뿐이었다.

인천공항에 도착하고 택시를 타고 부천에 도착.

엘리베이터를 타고 올라가는 동안 내 심장이 점점 두근거리기 시작했다.

숨이 점점 가빠왔다.

그런 내 흥분을 들킬까 봐 그녀와 눈을 마주치지 못했다.

하지만 비밀번호를 누르고 마침내 집에 돌아왔을 때, 우리는 현관에 가방을 내팽개치고 서로를 끌어안았다.

혀가 뒤얽히며 강하게 탐닉했다. 입을 맞추며 나는 그녀를 안아 올렸다.

침대에 그녀를 내려놓았다. 키스가 계속되는 동안 그녀도 나도 옷을 하나씩 벗고 있었다.

거칠게 숨을 쉬는 그녀의 호흡이 자극적으로 들려왔다.

한 번도 평정을 잃지 않았던 그녀의 감정적인 모습.

내 가슴속에는 커다란 구멍이 있었다.

아레나에서 시험을 치른 시간들.

하지만 현실로 돌아왔을 때는 그게 모두 거짓말인 것처럼 하루도 지나지 않아 있었다.

그것을 몇 번이고 반복했다.

누구와도 공유할 수 없는 시간들.

오딘도 마리도 그저 조력자일 뿐 함께 싸우고 고민한 동료는 아니었다.

그렇게 좋아했던 민정이도 결국은 그 구멍을 채워주지 못했다. 지금 생각하면 나는 그저 외로웠을 뿐이었던 것 같다.

그런데 바로 지금 이 순간.

나는 텅 빈 가슴이 무언가 따스한 것으로 가득 채워지는 기분이 들었다.

차지혜는 나보다 더 기나긴 시간의 여백을 갖고 있었다.

나는 내 빈 공간에 그녀를 넣었고, 그녀 또한 부족한 부분을 나로 메웠다.

함께 뜨겁게 뒤얽혀 보내는 지금 이 시간은 바로 그런 의미였다.

달콤하지도 야릇하지도 않게, 우리는 그저 탐욕적으로 서로에게 매달려 무언가를 갈구했다.

*   *   *

나는 체력보정 중급 5레벨이었다.

차지혜는 무려 상급 1레벨.

그런 우리가 지쳐서 숨을 몰아쉴 정도면 대체 얼마나 긴 시간을 보낸 것일까?

"배고픕니다."

차지혜가 한국으로 오고 나서 처음으로 한 말이 그거였다.

뜬금없이 나는 웃음이 나왔다. 둘 사이의 묘한 긴장감이 씻은 듯이 사라졌다.

"저도요."

"밥을 새로 해야 하는데 장을 보지 않아서 찬거리가 없습니다."

"나가서 먹을까요?"

"그게 좋겠습니다."

우리는 이불을 들추고 침대에서 기어 나왔다.

실오라기 하나 걸치지 않은 그녀의 나신이 눈에 들어왔다.

조금의 군살도 없이 잘 단련된 탄력적인 몸매. 조각을 깎아 놓은 듯한 완전미가 느껴졌다.

'내가 저런 여자와 잤단 말이야?'

나도 어쩔 수 없는 남자일까. 저 아름다운 나신을 보면서 뿌듯함을 느꼈다.

차지혜는 몸을 고스란히 내놓고도 당당했다. 오히려 내가 그녀의 기세에 압도되어 살짝 위축될 정도였다.

난 내 침실에 딸린 욕실에서 샤워를 했고, 차지혜는 거실 쪽 욕실에서 씻었다.

옷을 입고 나서면서 나는 스마트폰을 확인해 보았다.

부재중 전화가 3통이나 와 있었다.

메시지도 와 있었는데, 다름 아닌 현지였다.

'얘는 또 왜?'

일단은 메시지 내용을 확인해 보았다.

[현지: 오빠 아직 덴마크야?]

[현지: 한국 언제 와?]

[현지: 좀 연락 좀 받아!!]

이렇게 집요하게 연락을 해댄 걸 보니 뭔가 바라는 게 있다는 뜻인데.

　그냥 무시해 버릴까 싶었는데, 문득 현지가 잡고 있는 내 약점이 생각났다.

　가족들은 내가 차지혜와 사귀는 걸로 알고 있다. 현지가 그걸 민정에게 고자질해 버린다면……!

　'설마 말할까 싶지만, 생각해 보면 애들은 별의별 비밀 얘기를 다 공유했지.'

　후환이 두려워서 일단은 현지에게 연락을 해보았다.

　─오빠~!

　징그럽게 애교가 들어간 현지의 목소리.

　"아직 안 잤냐?"

　─밤 11시밖에 안 됐는데 뭘 벌써 자. 오빠 어디야? 아직 덴마크?

　"한국이다. 오늘 막 왔어."

　─진짜? 지금 집에 있어?

　"지혜 씨랑 막 나가려던 참이야. 배고파서."

　─잘됐다, 잘됐다. 나도!

　"잘 못 들었니? 지혜 씨랑 막 나가려던 참이야. 배고파서."

　─응응, 나도 배고파.

　"단둘이 가는데 끼고 싶냐?"

　─중요한 할 얘기도 있고 해서 그래. 응?

　"……"

나는 현지의 무개념에 할 말을 잃었다.
그런데 뒤에서 차지혜의 목소리가 들렸다.
"저는 상관없습니다."
ㅡ거봐, 상관없으시대잖아. 히히히.
그 말을 들었는지 현지가 뻔뻔하게 말했다.
그만 한숨이 나왔다.
나는 현지에게 데리러 가겠다고 말했다.

8장

랭커

오랜만에 타 보는 포르쉐 카이엔이었다.

보조석에 차지혜를 태우고 출발하면서 나는 물었다.

"귀찮지 않으세요?"

"안 귀찮습니다."

마리가 들러붙어서 한국까지 쫓아왔을 때도 그렇고, 은근히 이런 부분에서 차지혜는 관대했다.

"의외로 사람을 귀찮아하지 않으시네요."

"일부러 고독해지려는 타입은 아닙니다. 그리고 귀엽잖습니까."

"예?"

순간 나는 내 귀를 의심했다.

"현호 씨 여동생, 귀엽습니다."

현지 그것이 귀엽다니, 차지혜의 정신세계가 범상치 않게 느껴진다.

차는 금방 현지의 집 앞에 도착했다. 나오라고 문자를 보내자 금세 현지가 뛰쳐나왔다.

"오라버니!"

"하지 마, 그 말투."

"아이잉."

뒷자리에 앉은 현지는 넉살 좋게 차지혜에게도 친근감 있게 알은체를 했다.

"언니도 안녕하셨어요!"

"예, 오랜만입니다, 아가씨."

"히히, 그냥 현지라고 부르세요."

"예, 현지 아가씨."

"에이, 그냥 현지야 하고 부르세요. 아가씨는 오글거려요."

"알겠다."

순간 나는 웃을 뻔했다.

말투가 대번에 병사를 대하는 군대 장교처럼 변했기 때문이다.

친한 언니동생 사이를 원했던 현지는 떨떠름한 표정이 되었다. 순식간에 장교와 졸병으로 서열이 역전된 셈이었다.

"뭐 먹고 싶은 게 있나?"

"어, 그, 부천역 부근에 늦게까지 하는 파스타 전문점 있어요."

나는 부천역 쪽으로 차를 몰았다.

파스타 전문점에 도착한 우리는 자리에 앉아 주문을 했다.

"또 무슨 부탁이 있어서 보잔 거야?"

"아이, 귀염둥이 여동생이 오빠 보고 싶어 하는데 이유가 필요한가?"

"맞을래?"

"히히, 부끄러워하긴. 귀여운 여동생 때문에 내심 오빠로서 뿌듯하고 좋지?"

나는 혈관이 튀어나오도록 주먹을 불끈 쥐었다.

분노를 참기 위해 애써야 했다.

현지는 헤실헤실 웃으며 차지혜에게 말했다.

"오빠가 이래요. 부끄럼쟁이라 솔직하지 못하고. 이런 오빠랑 사귀시느라 고생 많으시겠어요, 언니."

"별로."

"호호, 언니도 오빠랑 비슷한 과구나."

"그런가? 잘 모르겠다."

식사를 하는 동안 현지는 우리 사이에 대해 이것저것 물어보았는데, 그때마다 나는 곤혹스러움을 느꼈다.

차지혜는 특유의 뻔뻔함으로 거짓말을 척척 대답해서 나를 감탄시켰다.

그러고 보면 현재 차지혜와 나의 관계가 참 애매했다.

여러 일이 있었지만 그녀와 연애를 한다는 느낌은 아니었기 때문이다.

오히려 잠깐 타올랐다가 다시 원상태로 돌아온 듯한 분위기였다.

"오빠, 실은 말이지……"

마침내 현지가 본론을 꺼냈다.

"말해봐."

"히히, 실은 요번에 내가 내 앞으로의 진로에 대해 많은 생각을 해보았거든."

"전반기 공채에서 전부 떨어지고 나면 생각이 많아질 법도 하지."

"이씨! 비꼬지 말고 좀 진지하게 들어봐."

"그래그래, 계속 말해."

"응응. 곰곰이 생각해 봤는데, 사람이 자기 적성에 맞는 일을 해야 하잖아. 그래서 나도 내 적성이 무엇일까, 내가 어떤 분야를 좋아할까 생각해 봤거든."

"그런데?"

"근데 마침 내 친구 지현이가 얘기해 준 게 있었어."

"뭔 얘기?"

"걔 아는 언니가 쇼핑몰 창업해서 돈 엄청 번다는 거야."

"……"

"그래서 나도 지현이랑 같이 패션몰 하나 창업해 볼까 하고 생각 중이야."

"그게 네 적성이라고?"

"응! 내가 패션 센스는 또 끝내주잖아."

나는 할 말을 잃었다.

애가 취업을 못하더니 드디어 맛이 갔구나 싶었다.

인터넷 쇼핑몰은 아무나 하냐?

아이템이라고는 자기 패션 센스 하나라고?

"근데 그런 것도 하려면 사업 자본금이 필요하잖아, 자본금. 그래서 말인데…… 히히, 오빠가 좀 지원을…….."

나는 스마트폰을 꺼냈다.

"오, 오빠?"

나는 다이얼을 꾹꾹 누르고 통화 버튼을 터치했다.

발신음이 들린다.

"오빠, 누, 누구한테 연락하는 거야, 지금?"

겁먹은 현지의 질문을 가볍게 씹으며 나는 스마트폰을 귀에 가져다댔다.

ㅡ여보세요?

차지혜 못잖은 차가운 말투.

"누나, 난데."

ㅡ한국 왔어?

"응. 오늘 귀국했어. 근데 내가 지금 현지랑 얘기를 하고 있는데…….."

"꺄아악! 오빠!"

사색이 된 현지가 벌떡 일어나 소리를 질렀다.

그러거나 말거나 나는 계속 말했다.

"얘가 글쎄 인터넷 쇼핑몰을 창업하고 싶다고 자본금을 빌

려달라네."

—……거기 어디야?

서늘한 누나의 목소리.

"부천역 근처에 있는 파스타집인데."

—주소 문자로 보내. 지금 갈게.

"오케이."

통화를 끊고서 누나에게 메시지를 보냈다.

현지의 얼굴이 공포로 물들었다. 이윽고 원망 가득한 목소리로 내게 따져들었다.

"오빠, 너무해! 어쩜 그럴 수 있어!"

"잘 생각해봐. 네가 정말 진지하게 고민한 거라면 누나부터 설득해봐. 누나가 허락하면 내가 자본금 대준다."

돈이 스위스 계좌에 썩어나는데 그게 아깝겠냐. 걱정되는 건 네 정신 상태란다, 얘야.

"언니가 내 말을 들어나 주겠어? 엄마랑 같이 닭강정이나 볶으라고 나를 들들 볶을 텐데!"

"다 너 잘되라는 거지 네 의사 같은 거 무시하고 강요만 하겠어? 누나를 설득해서 허락을 받을 정도로 네 뚜렷한 결심과 의지를 보여주란 말이야."

"히잉, 언니 무섭단 말이야! 무조건 날 혼내려고만 하고!"

"솔직히 지금 네 상황을 보면 취업은 안 되고 엄마 가게 잇는 것도 싫고, 도피처 삼아서 쇼핑몰 같은 소릴 하는 걸로밖에 안 보여."

"……."

현지가 울먹거리기 시작했다.

난 한숨을 쉬며 현지의 머리를 쓰다듬었다.

"그러니까 증명해 보이란 말이야. 네 뜻이 정말 확고하고 진지하게 결심한 거면 오빠가 도와준다니까."

"몰라!"

빼액 소리 지르고는 훌쩍훌쩍 우는 현지였다.

가게에서 나와 근처의 24시간 카페에서 이야기를 나눴다.

그리고 누나가 도착했다.

"현지."

누나는 도착하자마자 서늘한 어조로 입을 열었다.

현지는 잔뜩 긴장한 이등병처럼 호명되자마자 벌떡 일어섰다.

"가자. 엄마랑 같이 진지하게 얘기 좀 해봐야겠어."

"아, 알았어."

현지는 가까스로 용기를 내며 누나를 따라나섰다.

누나는 그렇게 우리 집안 말썽쟁이를 데리고 바람처럼 사라졌다.

카페에는 나와 차지혜 단둘만이 남았다.

나는 한숨을 쉬며 차지혜에게 말했다.

"저도 쟤처럼 저런 사소한 문제로 끙끙 앓으며 고민했으면 좋겠네요. 쟤 나름대로는 굉장히 심각할 테지만, 저게 다 평화로운 삶이라는 증거잖아요."

적어도 죽느냐 사느냐, 누굴 죽이냐 마냐 하는 문제는 아니지 않은가.

그러자 차지혜가 말했다.

"부럽습니다."

"그죠? 저도 저 바보가 차라리 부러워요."

"김현호 씨가 부럽습니다."

"……제가요?"

"같이 고민하고 울고 웃고 하는 게 부럽습니다. 가족이 있다는 건 그런 느낌일 테지요. 전 그런 느낌을 잊어버린 지 너무 오래됐습니다."

"아."

그제야 나는 그녀가 어릴 때 부모님을 여의고 혼자가 되었다는 점을 떠올렸다.

마리나 현지가 귀엽다며 좋아하는 것도 그런 심정이었을 것이다.

"지혜 씨가 행복했으면 좋겠어요."

조금은 뜬금없었을까.

하지만 나는 사랑 고백을 하듯이 솔직하게 말했다.

차지혜는 그런 나를 물끄러미 보더니, 미소를 지어 보였다.

'아!'

나는 놀라고 말았다.

차지혜가 드러내놓고 미소를 지어 보이는 얼굴은 거의 처음이 아닐까 싶었다.

"다행스럽게도 저도 인생을 살면서 즐길 거리를 두 가지는 찾았습니다."

"뭔데요?"

"하나는 내일이나 모레쯤에 알게 되실 겁니다."

"다른 하나는요?"

"그건."

차지혜는 나에게 손을 뻗었다.

내 뺨을 부드럽게 쓸어내리며 말을 잇는다.

"지금, 집에 돌아가면 알게 되실 겁니다."

가슴이 떨렸다.

그녀도 이렇게 남자를 가슴 떨리게 만들 수 있구나 싶었다.

그날 이후로 우리의 관계는 확실히 변했다.

우선 그녀는 손님용 방에 있던 짐을 내 침실로 옮겨왔다. 우리는 함께 잠들고 아침을 맞이하게 되었다.

나를 대하는 그녀의 행동과 말투는 변한 게 없었지만, 적어도 내가 수시로 품에 안거나 입맞춤을 해도 곧잘 받아주었다.

그리고 무표정에 감춰진 그녀의 감정을 좀 더 잘 알아차릴 수 있게 되었다.

민정이처럼 애교 많고 감정표현도 풍부한 여자는 아니었지만 그걸로 족했다. 함께 있으면서 나는 행복하다는 기분을 느꼈으니까.

참고로 그녀가 찾았다는 인생의 즐길 거리 중 하나가 무엇인지 알게 되었다.

어느 날 차지혜가 볼일이 있다며 외출을 하더니, 하얀색 람보르기니를 타고 나타난 것이다.

"몇 주 전에 주문해 놨는데 생각보다 오래 걸렸습니다."

람보르기니의 화려한 위용에 나는 입을 쩌억 벌릴 수밖에 없었다.

저번에 내가 선물한 와이번의 마정을 팔아서 생긴 돈으로 뽑은 것이리라.

*　　　*　　　*

크고 화려한 저택이었다.

철창으로 된 저택 입구부터 넓은 마당까지 검은 양복의 경호원들이 득시글거렸다.

저택 입구 앞.

차에서 내린 리창위는 삼엄한 저택 풍경을 보며 코웃음을 쳤다.

'허수아비들을 잔뜩 세워놓았군.'

쓸모도 없는 경호원들을 잔뜩 깔아놓은 것으로 위엄을 드러내려 한 것일까.

그렇게 생각하며 리창위는 표독한 냉소를 머금었다.

"열어라."

리창위가 차갑게 내뱉었다.

그의 얼굴을 알아본 경호원들이 현관문을 열어주었다.

안으로 당당히 들어간 리창위는 저택 현관 앞에서 다시 경호원들의 제지를 받았다.

"검문 좀 하겠습니다."

"귀찮다."

"죄송합니다. 검문은 반드시……."

"꺼져."

"예?"

퍼억! 픽!

리창위는 파리 쫓듯 손을 두 번 휘저었다. 경호원 둘이 한 순간에 양옆으로 나가 떨어졌다.

"……!"

"무, 무슨?!"

놀란 경호원들이 본능적으로 품속으로 손을 넣어 권총을 꺼 냈다.

"큭큭."

리창위는 킬킬거렸다.

파아앗!

푸른 오러가 피어올라 그의 몸을 감쌌다.

경호원들은 방아쇠를 차마 당기지를 못하고 망설였다.

상대는 리창위였다. 그동안 이 저택을 수시로 드나들던 주 요 인물이었다.

"비켜. 거슬리면 다 죽여 버릴 테니까."

그러면서 리창위는 성큼성큼 걸음을 옮겼다.

방문 앞에 이르자 문 앞을 지키는 경호원을 옆으로 밀쳐내고 노크도 없이 문을 열었다.

"리창위? 이게 무슨 소란이냐?"

하얀 수염을 기른 뚱뚱한 노인이 흔들의자에 앉은 채 인상을 찌푸렸다.

일전에 리창위에게 술병을 집어던졌던 그 노인이었다.

"뵙는 게 한두 번도 아닌데 절차가 너무 귀찮더군요."

"……."

리창위의 건방진 태도에 노인은 심상치 않은 분위기를 느꼈다. 때문에 화를 내지 않고 침착하게 대응했다.

"그렇군. 그럴 수도 있지."

"이해해 주셔서 감사합니다."

"헤이싱이 맡은 일은 어떻게 된 게냐? 왜 헤이싱에게서 아무런 연락도 없는 게야?"

"헤이싱은 죽었습니다."

"뭐, 뭣?"

노인은 흔들의자에서 벌떡 거구를 일으켰다.

"작전은 실패했고 헤이싱은 작전 중에 사망했습니다."

"그, 그럼 해적 파트 쪽의 피해는 얼마나……?"

"해적군도로 귀환하던 해적 파트 쪽 대원들도 모두 죽었습니다."

"……?!"

안색이 창백하게 질리며 노인은 비틀거렸다.

리창위의 말이 이어졌다.

"귀환 중에 정체불명의 괴한이라도 만난 모양입니다. 안타깝게도."

리창위는 악마처럼 웃고 있었다.

"으으⋯⋯!"

노인의 얼굴이 공포로 질려갔다.

*　　　*　　　*

카르마 총량.

그것은 내가 가진 스킬과 아이템을 전부 카르마로 환산했을 때의 수치다.

오딘의 권유대로 세계 시험자 랭킹에 등록하기로 한 나는 스킬과 아이템을 모두 카르마로 환산하여 계산해 보았다.

시험을 클리어하고 얻은 성적뿐만이 아니라, 돈으로 주고 산 카르마도 상당했다. 카르마 소모 없이 수련으로서 스킬 레벨을 올린 적도 있었다.

그것을 모두 카르마로 따져 보니,

"우와⋯⋯."

스스로도 혀를 내두를 정도의 수치가 나와 버렸다.

일단 내가 가진 스킬과 아이템은 다음과 같았다.

―메인스킬: 정령술(상급 1레벨).

—보조스킬: 체력보정(중급 5레벨), 길잡이(초급 1레벨), 순간이동(중급 1레벨), 시력보정(초급 1레벨).

—특수스킬: 스킬합성.

—합성스킬: 바람의 가호(마스터), 불꽃의 가호(마스터), 운동신경(마스터), 생명의 불꽃(중급 4레벨), 투과(초급 1레벨), 가공간(중급 1레벨), 사격(초급 1레벨), 탄약보정(마스터), 리로드, 동체시력(마스터), 투시(초급 1레벨), 궤도감지.

—잔여 카르마: +16,□□□

—아이템: AW5마, 닐슨 H2 (2정), 아이템 백팩

이걸 모두 카르마로 환산하면 대충 어느 정도일까?

나는 노트에 적어가면서 계산을 하기 시작했다.

그런데 한 침대에 누워서 잠자리에 들려던 차지혜가 그런 날 보더니 말했다.

"석판에 물어보면 안 됩니까?"

"……"

순간 나는 바보가 된 기분을 맛봤다.

차지혜는 언뜻 눈웃음을 짓더니 눈을 감고 잠을 청했다.

함께 지내보니 이제 그녀의 얼굴에 드러나는 미세한 감정표

현을 포착할 수 있게 된 나였다.

"내가 가진 스킬과 아이템을 전부 카르마로 환산한 수치를 보여줄래?"

석판에 대고 말하자 정말로 글씨가 꿈틀꿈틀 변했다. 정말 인공지능 끝내주는군.

ㅡ시험자 김현호의 스킬과 아이템의 가치를 카르마 총량으로 나타냅니다. 이 총량에는 잔여 카르마도 포함됩니다.

ㅡ카르마 총량: +1ㅁ8,6ㅁㅁ

"우와……."

어마어마한 수치에 나는 입을 쩌억 벌렸다.

"몇이나 나오셨습니까?"

차지혜가 물었다.

자는 척 하면서도 계속 궁금했나 보구나. 은근 귀엽단 말이야.

"108,600카르마요."

"네?"

차지혜가 자기 귀를 의심하듯이 물었다.

"108,600카르마요."

"이제 8회차를 마쳤는데 말입니까?"

"네."

물론 온전히 시험을 클리어해서 받은 성과만이 아니었다.

수련을 통해서 스킬 레벨을 올린 적도 있었고, 천문학적인 돈을 들여서 구매한 카르마량도 장난이 아니거든.

　나는 이 수치를 문자 메시지로 오딘에게 보냈다.

　그리고 침대로 올라와 차지혜와 함께 나란히 잠들었다.

　방금 보낸 그 문자 메시지가 어떤 파급효과를 가져올지 그땐 몰랐다.

* * *

[108,600]

　"으음……!"

　오딘은 문자 메시지를 확인하고는 저도 모르게 신음을 했다.

　이제 8회차 시험자였다.

　시험을 여덟 번 치렀을 뿐인 시험자에게 이런 성취가 가능하단 말인가?

　'해적들과 싸우면서 타락한 시험자를 많이 죽였다고 했다. 중국 시험단과 싸우면서 급성장을 했군.'

　오딘은 이 시험자가 폭풍의 핵이 될 것 같다는 예감이 들었다.

　중국 시험단의 그 악명 높은 헤이싱을 처치하고 떠오른 강자!

　그런 신진 강자가 올곧게 시험 클리어를 향해 질주하고 있었다. 그것을 이 아레나 업계는 어떻게 받아들일까?

　마정기술이 세상에 공개되고 본격적으로 비즈니스를 할 시기만 기다리는 투자자들은 김현호의 등장을 어떻게 여길까?

오딘 자신만 하더라도 많은 회유와 압력을 받은 바 있었다. 그저 딸 벨라를 혼자가 되게 하지 않겠다는 일념으로 생존에 집중했던 오딘.

그 덕분에 시험을 계속 클리어해 오늘날에 이르렀다.

하지만 그렇게 목표의식이 뚜렷했던 오딘조차도 노르딕 시험단의 보호가 없었더라면 버틸 수 없었을지도 모른다.

중국 시험단처럼 노골적이지는 않지만, 거의 모든 국가기관이 아레나를 큰 비즈니스의 기회로 보고 있었다.

시험의 최종 목적을 달성하여 시험자들이 해방되는 것보다, 지속적으로 마정을 확보할 수 있는 방향을 원했다.

물론 아직까지는 시험자들의 반발을 감안하여 그런 의중을 대놓고 드러내지는 않고 있다.

하지만 김현호의 존재는 그런 분위기에 변화를 일으킬지도 몰랐다.

벌써 해적단과 충돌했고, 정체불명의 흑마법사 조직과의 커넥션이 있다는 것까지 파악했다.

빠른 속도로 시험의 최종 목적에 가까워지고 있는 것이다.

'세계 랭킹에 등록되면 견제를 받기 시작하겠군. 하지만……'

오딘은 미소를 지었다.

'그만큼 힘을 모아 시험을 클리어하려는 시험자들도 생길 것이다.'

＊　　　＊　　　＊

그날, 세계 아레나 협회에 랭킹의 변동이 있었다. 세계 각국의 아레나 관련 기관들이 충격에 빠졌다.

특히나 한국아레나연구소의 충격이 매우 컸다.

시험자 김현호

국적: 한국

랭킹: 7위

카르마 총량: 108,600

"이, 이게 뭐야?"

한국아레나연구소.

김중태 소장은 두 눈을 부릅뜨며 모니터를 바라보았다.

'김현호 이름이 왜 여기에 있는 거야?!'

이럴 리가 없었다.

이제 7,8회차쯤 되었을 것이다. 아니, 아직까지 중국 시험단의 손에 넘어가지 않았다는 점이 더 의아스러웠다.

무슨 힘이 있어서 지금까지 중국 측의 손길로부터 살아남았으며, 저런 엄청난 랭커가 되었단 말인가!

7위라니!

'왜 저놈이 갑자기 저런 순위가 되어서 나타난 거야!'

김중태 소장은 간담이 서늘해지기 시작했다.

한국 시험자들 중에는 아직 20위권 안에도 든 사람도 없는 실정이었다.

그런데 뜬금없이 랭킹 7위의 한국인 시험자가 나타났다!

그것도 한국아레나연구소 소속이 아닌 채로 말이다!

'위험하다!'

김중태 소장은 경각심이 들었다.

현 정부는 대통령도 아레나에 대해 아는 바가 쥐뿔도 없었다.

제대로 아는 인물이 정치권에 없었기 때문에 김중태 소장이 강력한 권한을 행사할 수가 있었던 것이다.

하지만 그렇다 하더라도 저만한 거물급 랭커가 등장했다면 대통령의 귀에도 들어갈 수 있다.

'큰일인데……!'

다급해진 마음에 김중태 소장은 구형 폴더폰을 꺼냈다.

김중태 소장이 전화를 건 대상은 바로 북경에 있는 리창위였다.

—무슨 일이오?

"어찌 된 거요?"

—뭐가 말이오?

"김현호! 김현호는 대체 어떻게 한 거요?"

—아아, 당신도 보셨군?

"왜 충분히 정보를 제공해 줬는데 왜 아직도 김현호를 어찌 못한 거요?"

—보면 모르겠소? 위기를 극복하고 강해진 거잖소. 멋진 인간 승리지.

"이보시오!"

—왜 그러시오, 김중태 소장?

"김현호를 이제 포기한 거요?"

—나로서는 더 이상 김현호와 적대할 이유가 없거든.

김중태 소장은 뭔가 이상한 분위기를 감지했다.

저 남자, 방금 '나로서는' 이라고 말했다.

마치 자기 생각이 중국 시험단의 뜻인 것처럼 말이다.

김중태 소장은 리창위의 라이벌이었던 헤이싱의 죽음을 몰랐다. 당연히 중국 시험단 내부에 생긴 이변에 대해서도 전혀 모르고 있었다.

"그게 무슨 뜻이오? 김현호와 적대할 이유가 없다는 건 대체……."

—뭐, 더는 할 말 없군. 앞으로는 연락하지 마시오.

"자, 잠깐……!"

리창위는 일방적으로 통화를 끊어버렸다.

'중국에서 무슨 일이 발생했다!'

김중태 소장은 한동안 중국 쪽 소식에 관심이 소홀했던 것을 자책했다.

이제라도 소식통을 가동해서 상황을 파악해야 했다.

그런데 김중태 소장에게는 그만한 시간이 주어지지 않았다.

따르릉!

그의 집무실에 있는 전화기가 울리기 시작한 것이다.

김중태 소장은 수화기를 들었다.

"뭐야?"

─소장님, 청와대입니다.

"연결해."

이윽고 한 나이 든 사내의 목소리가 들렸다.

─김 소장.

"예, 비서실장님. 그간 안녕하셨습니까?"

─중국 시험단에 대해서 들리는 소식은 없소?

"그렇지 않아도 뭔가 심상치 않은 느낌이 있어서 지금 알아보고 있습니다."

─중국 시험단 내부의 권력구도에 큰 변화가 있었던 것 같은데, 소장도 아직 정확한 일을 모르오?

"예, 그쪽이 워낙 비밀주의가 강해서 알아보는데 애를 먹고 있습니다."

─흐음, 그건 그렇고 김현호라는 시험자에 대해 아시오?

김중태 소장의 심장이 쿵쾅쿵쾅 뛰기 시작했다.

"아쉽게도 저희 소속이 아니라서 아는 바가 많지는 않습니다. 제가 알기로는 진성그룹 쪽의 시험자입니다."

─우리나라 시험자 중에서는 처음 등장한 세계 랭커 아니오. 연구소 소속이 아니라니 이거야 아쉽게 됐군. 더는 아는 바가 없소?

"예, 더 알아보고 가능하면 우리 소속으로 데려오도록 하겠습니다."

—그렇군. 더는 아는 바가 없다 이 말씀이시로군.

"예……."

—허헛, 그것참.

"……?"

—김 소장, 정말 아무것도 몰라?

서늘한 어조로 찔러오는 한마디.

김중태 소장은 피가 차갑게 식는 기분이 들었다.

—박진성 회장과 이야기를 나눴어. 김 소장 당신, 무능한데
다가 심지어 우릴 바보 취급하고 있었군?

진성그룹의 박진성 회장!

그는 김현호에게 목숨을 구원받은 사람이었다.

김중태 소장은 일이 크게 잘못되었다는 것을 깨달았다.

"비, 비서실장님……."

—이제 됐어. 더 이상 당신과는 말도 섞기 싫군.

일방적으로 통화가 끊어졌다.

그리고 15분 뒤, 국정원에서 온 한 무리의 사람이 한국아레
나연구소에 들이닥쳤다.

＊　　　＊　　　＊

—잘 있었어?

오랜만에 듣는 박진성 회장의 목소리였다. 목소리가 참 쾌

활하게 들린다.

"예, 그럭저럭 잘 있죠. 회장님 건강은 어떠시고요?"

―건강하지. 질긴 목숨줄을 위해 술까지 끊었다고. 술 없는 인생이라니, 이게 죽은 건지 살아 있는 건지 모르겠지만.

"하하, 다행이네요. 오래 살아서 벽에 똥칠하세요."

―시끄러. 아무튼 네 녀석 요즘 참 잘나간다면서?

"뭐가요?"

―이놈이? 랭킹 말이야!

"아, 노르딕 시험단을 통해서 랭킹에 등록을 하긴 했죠. 저 몇 위예요?"

―……그걸 몰라서 나한테 물어?

"오딘 씨한테는 아직 못 들었으니까요."

―참 대책 없이 사는구먼. 이런 놈이 세계 7위라니…….

"예? 7위요?"

―그래!

"저 되게 높네요."

나는 깜짝 놀랐다.

7위?

좀 높을 거라고는 예상했지만 설마 세계의 모든 시험자 중 일곱 번째일 줄은 몰랐다!

물론 리창위처럼 랭킹에 등록되지 않은 강자도 많겠지만, 아무튼 굉장히 높은 순위임은 틀림없었다.

―너 아직 우리 그룹 소속인 건 알지?

"알죠."

박진성 회장 치료하면서 진성그룹 소속으로 계약을 했었지. 모를 리가 있나.

덕분에 제3비서과의 이정식 실장에게 이것저것 도움을 받았는데.

근데 넌 왜 아레나에서 마정을 안 가져오는 거야? 세계에서 일곱 번째쯤 되는 놈이 어째 우리한테 마정 하나 가져온 적이 없잖아.

"아⋯⋯."

생각해 보니 그랬다.

마정은 시험자의 가장 중요한 돈벌이 수단이었다.

그런데 나는 생명의 불꽃으로 천문학적인 단번에 벌어들인 탓에 마정에는 관심을 두지 않은 것이다.

—7위씩이나 되는 랭커를 소속으로 두고 있는데 우리도 덕 좀 보자, 이놈아.

"하하하, 기회 되면 마정 몇 개 가져올게요."

—쯧쯧, 아무튼 곧 좋은 소식이 있을 거야.

"좋은 소식이요?"

9장

제안

　―청와대 측이랑 얘기 좀 했어.

　"청와대요?"

　나는 화들짝 놀랐다.

　'아참, 이 사람 박진성 회장이었지.'

　동네 노인네 대하듯이 해서 상대가 누군지 깜빡했다. 이 영
감님은 대한민국 넘버원의 재벌이었다.

　―김중태 소장 실각할 거야.

　"정말요?"

　김중태 소장.

　바로 내 신상정보를 중국에 팔아넘기고, 차지혜의 죽음에도
일조한 썩어빠진 놈 아닌가.

그런 놈이 실각할 거라니 듣던 중 반가운 소식이었다. 처음으로 나라 잘 굴러가는 소리를 듣는군.

—지금까지는 중국 시험단과의 관계 우호가 중요해서 중국통인 김중태 소장을 신임했지. 청와대는 아레나 사업의 패권을 중국이 가질 거라고 판단했거든. 근데 이제 상황이 달라졌어.

그 말을 들었을 때, 나는 짐작이 가는 바가 있었다.

"리창위가 중국 시험단을 장악했죠?"

—알고 있네?

"그놈이 나한테도 손잡자고 제안한 적 있었으니까요."

—이 자식이, 그런 일 있으면 좀 우리 측에도 얘기를 해줘야 할 게 아냐!

박진성 회장이 벌컥 성질을 냈다.

"병도 나았겠다, 이제 아레나에 관심이 없으실 줄 알았죠."

—미래 산업이 될지도 모르는 분야에 관심이 없는 게 말이 돼?

"미래 산업 같은 소리 하십니다. 제가 시험을 전부 클리어하고 끝장을 내버릴 거예요."

—네 말대로 된다 해도 이미 지금까지 전 세계에 확보된 마정의 개수가 몇 개나 될 거라고 생각하는 게야?

"꽤 많겠죠?"

—무지 많다, 이놈아. 더 이상 마정 확보가 불가능해지는 상황이 온다 해도 마정의 가치는 여전히, 아니, 지금보다 훨씬 중요해질 게다.

그야 그렇지.

마정에 담긴 마력은 현대 과학 기술로 불가능한 일을 가능하게 하니까.

그게 아니면 군이 다른 에너지 자원을 놔두고 마정에 집착할 필요가 없는 것이다.

—전략 무기 개발에 쓰이든 우주개발에 쓰이든 마정은 반드시 중요한 곳에 쓰이게 되어 있어. 설령 더는 마정을 구할 수 없게 되더라도, 이미 지금까지 확보된 마정들이 그런 일에 쓰인다.

그래서 진성그룹도 시험자들을 스카우트해서 마정을 확보 중이지.

잘은 모르겠지만 마정 응용 기술도 연구하고 있을 것이다.

—그보다 헤이싱을 죽인 게 너지?

"그 얘기도 들으셨어요?"

—나도 중국 측에 심어놓은 소식통이 있어, 이놈아.

박진성 회장은 얕보지 말라는 듯이 핀잔을 하곤 말을 이었다.

—아무튼 네 덕에 리창위를 견제하던 헤이싱 일파가 전멸하고서 중국 시험단이 반 토막이 나버렸어.

"전멸이요?"

나는 의아함을 느꼈다.

헤이싱을 내가 죽이긴 했다.

해적들과 싸우면서 타락한 시험자를 꽤 사살한 것도 사실이다.

하지만 헤이싱을 따르는 일파가 전멸할 정도는 아니었을 터였다.

―헤이싱의 죽음을 알자마자 리창위가 헤이싱 일파를 전부 살육했다는군.

"……!"

나는 등골이 오싹해졌다.

헤이싱이 죽자마자 그렇게까지 극단적으로 일을 벌이다니.

리창위의 잔인성과 과감성은 내 예상을 훌쩍 뛰어넘고 있었다.

―그렇게 중국 시험단 숫자는 절반으로 줄고, 중국 공산당도 더 이상 리창위를 통제하지 못하게 되었지. 오히려 리창위에게 살해당할까 봐 벌벌 떨며 눈치를 본다는군.

헤이싱 일파를 모조리 살육한 행보만 보아도 충분히 가능한 일이었다.

아마 그 점까지 노려서 과감하게 일을 저질렀을 수도 있겠다.

―아무튼 그렇게 중국 시험단이 맛이 가버렸으니, 우리도 더는 아레나 사업과 관련해서 중국 쪽 라인에 설 필요가 없어졌어.

"중국이 아레나 사업의 패권에서 멀어졌다고 판단한 거네요."

―그렇지. 아무튼 상황이 그렇게 되고서 나도 이때다 싶어서 청와대에 연락했어. 대통령이랑 허심탄회하게 얘기했는데, 그 김에 네 얘기도 했다.

대통령과 대화를 나누면서 내 얘기를 해주다니!

나름대로 날 신경 써준 박진성 회장의 호의가 고마웠다.

"감사합니다."

─덤으로 차지혜 그 여자 얘기도 했어. 그 여자 신분도 곧 회복될 거야.

"우와, 감사합니다!"

─조금 전보다 더 좋아하네. 정분났냐?

"……."

이 영감님, 눈치가 귀신이군.

사실 이제 와서 김중태 소장 따위는 안중에도 없었던 나였다.

더 이상 누구도 두려워할 필요 없이 강해졌기 때문이다.

그보다는 차지혜에 대한 좋은 소식이 내 일처럼 기뻤다.

물론 차지혜 본인은 이 소식을 듣고도 심드렁할 테지만 말이다.

─아직 장담할 수는 없는 단계에 있지만, 아레나 관련 사업과 관련해서 우리 그룹과 정부 간에 중요한 결정이 있을 거야.

"그래요?"

─그게 확정되면 너한테도 정부에서 사람이 찾아올 테니 그리 알도록 해.

"예."

그렇게 통화는 종료되었다.

나는 차지혜에게 달려가 이 소식을 전해주었다.

"그렇습니까."

부엌에서 식사를 준비하던 차지혜는 예상대로 덤덤한 표정이었다.

"안 기쁘세요? 사망한 것으로 처리됐던 신분이 다시 복권되

제안 227

는데."

"딱히 상관없습니다만."

"사망 처리 되면서 잃었던 재산이나 친구도……."

"집 한 채가 있긴 했습니다만, 이제 와서는 딱히 관계없습니다."

"그럼 김중태 소장은요? 그 양반 실각한다는데 그건 기쁘죠?"

차지혜는 물끄러미 나를 바라보았다.

"제가 기쁘길 원하십니까?"

"그야 물론이죠."

"기쁩니다."

살짝 웃어 보인 차지혜는 다시 무표정으로 돌아와 다 끓인 된장국을 식탁에 옮겼다.

"……."

기쁘게 해주고 싶었는데 오히려 내가 기뻐졌다. 언제 봐도 참 묘한 여자다.

그날 저녁, 나는 의외의 인물에게서 온 전화를 받았다.

─잘 지내셨나?

"……리창위."

─지난번에는 신세 졌군.

"본의 아니게 말이지."

─하하하. 나도 그렇게까지 큰 기대는 안 했는데 대단하시군. 역시 세계 7위의 랭커다워.

"……."

짜증나는군.

헤이싱 일파가 전멸하고서 중국 시험단이 반 토막 났다지만, 리창위라는 강력한 리더가 탄생했다.

나는 장기적인 관점에서 이것이 좋은 일이라는 생각이 전혀 들지 않았다.

공산당 간부들이 좌우하는 중국 시험단보다, 아레나의 현장에서 지휘할 수 있는 리창위의 중국 시험단이 훨씬 더 무섭다.

─어쨌든 덕분에 당신도 7위씩이나 할 정도로 재미를 봤으니 상부상조한 셈이군.

"참 듣기 싫은 단어로군."

─하하, 너무 그렇게 까칠할 필요는 없잖나. 개인적으로는 당신에게 유감이 없거든.

"……."

─이제 중국 시험단이 당신을 노리는 일은 없을 거야. 물론 사람 일이 다 그렇듯, 살다 보면 어찌 변할지 모르지만 말이지.

"다시는 충돌할 일이 없기를 바라지."

─동감이야. 그럼 잘 지내시게, 은인이여.

나는 거칠게 통화종료를 터치했다.

'은인 같은 소리 하네.'

헤이싱을 처치하면서 얻은 게 워낙 많지만, 그래도 리창위라는 놈은 영 찜찜하다.

"리창위입니까?"

차지혜가 물었다.

"예."

"리창위와 충돌할 일이 없었으면 좋겠습니다."

"저도 동감이에요."

"아뇨, 기분 문제가 아니라 정말로 위험합니다."

나는 의아해져서 차지혜를 바라보았다.

"잊으셨습니까? 리창위는 헤이싱 일파의 시험자들을 전부 살육했습니다."

"예, 참 위험한 놈이……."

순간 나는 머릿속에 벼락이 치는 듯한 충격을 느꼈다.

헤이싱 일파.

당연히 다들 타락한 시험자였을 것이다.

그들은 전부 죽였다면……!

"자신의 마이너스 카르마를 상쇄하고도 한참 남을 정도의 카르마를 얻지 않았겠습니까?"

"그렇게 얻은 카르마로 스킬의 레벨을 올렸겠네요."

"그럴 겁니다."

그럼 전보다 훨씬 더 강해졌다는 뜻이다.

그렇지 않아도 무서운 인간이었는데 힘까지 더 강해지다니.

"정말로 부딪칠 일이 없길 바라야겠네요."

*　　　*　　　*

박진성 회장의 연락을 받은 지 사흘째 지났을 때였다.

—김현호 씨?

진성그룹 제3비서실의 이정식 실장이었다.

"무슨 일이세요?"

—실례지만 오늘 시간 괜찮으십니까?

"무슨 일인데요?"

—청와대 관계자가 만나길 원합니다. 회장님께서도 합석하실 겁니다.

"언제요?"

—되도록 오전 중이면 좋겠다고 합니다만, 시간은 괜찮으십니까?

"예, 상관없어요."

청와대 관계자라니 조금 호기심이 든다. 과연 누굴까? 뉴스에서 본 사람일까?

—그럼 한 시간 뒤에 모시러 가겠습니다.

"아뇨, 장소를 말해주시면 알아서 찾아갈게요."

—자주 가셨던 산장입니다.

"또 거기예요?"

—아무래도 조용히 만나야 하기 때문에 그렇습니다.

"알았어요."

전화를 끊고서 나는 차지혜에게 이 사실을 알려주었다.

"비서실장일 겁니다. 청와대에서 아레나 관련 일을 챙기는 사람은 김병호 비서실장입니다."

"그래요?"

뉴스와 신문을 안 본 지 통 오래돼서 그런지 처음 듣는 이름이었다. 그래도 청와대 비서실장이면 굉장히 높은 사람이겠지.

"드라이브를 하고 싶었는데 잘됐습니다. 제 차로 가죠."

"좋죠."

우리는 간단하게 외출 준비를 마치고 출발했다.

차지혜의 하얀색 람보르기니를 타고 나섰는데, 도로에서 차들이 길을 비켜주고 절대 끼어들지 않는 기적이 벌어졌다.

인도를 걷던 사람들도 다들 눈길을 주었다.

차가 좀 화려해야 말이지.

'나도 차 한 대 더 뽑을까?'

차지혜의 차를 보니 어쩐지 내 포르쉐 카이엔이 초라하게 느껴졌다.

람보르기니는 씽씽 달려서 산장까지 금세 도착했다.

"오셨습니까?"

이정식 실장이 기다리고 있었다.

"회장님이랑 김병호 비서실장님은요?"

"두 분은 먼저 사냥하러 가셨습니다. 회장님께 연락을 넣겠습니다."

"아뇨, 괜찮아요."

길잡이 스킬도 있어서 박진성 회장을 찾는 건 어렵지 않았다.

아무리 생명의 불꽃으로 건강해졌다지만, 노인네가 가면 얼마나 멀리 갔겠는가.

우리는 금방 바위에 앉아 쉬고 있는 두 노인네를 발견했다.

풍채가 있고 부쩍 건강해 보이는 노인은 박진성 회장.

키가 훤칠하고 마른 체격의 노인이 김병호 비서실장인 모양이었다.

"어, 왔어?"

박진성 회장이 알은체를 했다.

"간만에 뵙네요."

대충 인사를 나누고는 김병호 비서실장을 응시했다.

"그쪽이 김현호 씨로군요. 허허, 생각보다 더 젊은 분이시네."

"예, 뵙게 되어 반갑습니다."

이어서 차지혜와도 인사를 나누는 김병호 비서실장이었다.

"아, 그쪽이 그 차지혜로군?"

"그렇습니다."

"사정은 들었습니다. 정부를 대표해서 사과드립니다."

김병호 비서실장은 차지혜에게 고개 숙여 사죄를 표명했다.

"괜찮습니다."

차지혜는 쾌히 사과를 받아들였다. 정말 어디까지 쿨한 거야, 이 여자는!

"자자, 이러지 말고 뭐라도 한 놈 잡자고."

박진성 회장이 채근했다.

그러고 보니 두 노인네는 사냥개도 한 마리 끌고 나왔군. 사냥개는 연신 코를 땅에 대고 킁킁거리고 있었다.

"실프."

―냐앙!

내 말이 떨어지자 실프가 나타났다.

김병호 비서실장이 화들짝 놀란 얼굴이 되었다.

"사냥감을 찾아봐."

―냥!

실프는 쏜살같이 날아갔다. 난 웃으며 말했다.

"얼른 끝내고 본론에 들어가죠."

실프는 30분 만에 고라니 한 마리를 발견했다. 고라니는 김
병호 비서실장이 쏜 엽총에 죽었다.

일찌감치 사냥을 끝내고 산장에 돌아온 우리는 본격적인 대
화에 들어갔다.

"일단 두 분께 폐를 끼친 김중태 소장은 소장직에서 물러났
습니다. 곧이어 비리수사가 이어질 겁니다."

"예, 그건 들었습니다."

"그리고 우리 정부는 아레나 분야에 대한 경쟁력을 강화하
기 위해서 진성그룹과 연대를 맺기로 하였습니다."

그 말을 받아서 박진성 회장이 입을 열었다.

"한마디로 우리 쪽 아레나 사업체와 한국아레나연구소가
하나로 통합된다는 뜻이야."

한국아레나연구소와 진성그룹의 아레나 사업체가?

놀란 내게 김병호 비서실장이 말했다.

"단도직입적으로 말씀드리겠습니다. 그렇게 새롭게 거듭날
조직의 경쟁력 강화를 위해, 세계 랭커이신 김현호 씨가 필요

합니다."

박진성 회장과 김병호 비서실장의 말을 들은 나는 곰곰이 생각을 정리했다.

세계 각국의 정부와 기업이 아레나 관련 사업에 뛰어든 상태다.

마정 응용 기술 분야에서 가장 앞서나간 조직은 미국의 맥런 가문.

전에 내가 치료해 주었던 스미스 맥런 회장의 사업체였다. 세계 1위 랭커인 데이나 리트린도 맥런 회장 측이었다.

마정 획득량·보유량이 가장 많은 곳은 바로 중국 시험단.

13억 인구를 가진 대국답게 시험자의 숫자도 가장 많았고, 해적질까지 하는 등 온갖 짓으로 마정을 모으니 당연한 일이었다.

헤이싱 일파의 전멸로 시험자 숫자가 반 토막이 났지만, 이 순위는 쉽게 흔들릴 것 같지 않았다.

그 밖에도 오딘이 있는 노르딕 시험단이나 인도, 러시아, 일본 등의 국가기관도 세계 고위 랭커 시험자를 많이 보유했다.

그렇듯 수많은 강자가 존재하는 세계 아레나 업계에서 한국 아레나연구소의 위치는 그리 높은 편이 아니었다.

그랬던 한국이 이제 진성그룹의 아레나 사업체와 통합하여서 경쟁력을 비약적으로 높일 생각을 하고 있었던 것이다.

'그리고 랭킹 7위에 오른 내가 필요하다 이거지?'

아마도 간판 에이스 같은 시험자로 나를 원하는 듯했다. 하지만 난 이미 진성그룹과 계약이 되어 있었다.

내가 획득한 마정을 진성그룹에 판매한다는 계약이 되어 있다. 진성그룹과 한국아레나연구소가 통합된다면, 자연스럽게 내 소속도 한국아레나연구소로 옮겨지는 것이다.

나는 의아해져서 물었다.

"더 구체적으로는 무엇을 원하는 거죠?"

"여러 가지가 있습니다."

김병호 비서실장이 말했다.

"현재까지 획득하신 마정이 없는 것으로 알고 있습니다."

"예."

시험 클리어에 집중하느라 마정 취득에 별로 신경을 안 썼다. 마정을 얻으려고 열을 올릴 이유도 없고.

"저희는 김현호 씨가 보다 적극적으로 높은 등급의 마정을 획득해 주셨으면 합니다."

"……"

"그리고 잘 알고 지내시는 시험자 오딘의 경우 아레나에서 지체 높은 대영주로 군림하고 있지요. 그처럼 김현호 씨도 아레나에서 탄탄한 입지를 확립해서 다른 한국 시험자들의 활동이 용이해지도록 해주셨으면 합니다."

나는 한숨을 쉬었다.

"저는 두 분과 같은 뜻을 갖고 일할 수가 없겠네요."

"왜입니까?"

"전 사업가가 아니니까요. 아레나에서 싸우는 이유는 살아남기 위해서입니다."

"……."

"두 분도 지속적으로 사업을 할 수 있는 기반을 원하시는 것 같은데, 전 다시는 누구도 아레나에 갈 일이 없게 만들 겁니다."

할 말을 잃은 두 사람에게 내가 일침했다.

"저도 단도직입적으로 말하죠. 전 시험을 끝까지 클리어할 겁니다. 그걸 전폭적으로 지원해 줄 겁니까?"

"……."

"목적 자체가 서로 정반대인데, 눈 가리고 아웅 하며 한 배를 타자고요? 그게 얼마나 진심성이 있겠으며, 얼마나 오래 갈까요?"

어색한 침묵이 찾아왔다.

박진성 회장이 침묵을 깨고 말했다.

"내가 알기로 그건 어디까지나 가정이잖아. 네가 시험을 전부 클리어하면 다른 시험자들까지도 전부 시험으로부터 해방된다, 라고 장담할 수는 없지. 그렇지 않아?"

"그렇긴 하지만 현재까지 알려진 정보를 조합해 보면, 모든 시험자의 시험이 한 가지 방향성을 향해 나아가고 있다고 분석되죠. 그래서 시험을 포기하고 돈벌이에 몰두하는 타락한 시험자들이 생긴 거고요."

"아무튼 간에 그 시험을 완전히 클리어하기 전까지는 서로 협력할 수 있지 않겠어?"

"그 이후는요?"

"각자의 길을 가는 거지."

"제가 걱정되는 건 한 가지예요. 정부와 진성그룹이 마정 사업에 엄청난 투자를 했다. 그런데 나로 인해 앞으로 영원히 마정을 얻을 수 없는 상황에 처해진다."

나는 어깨를 으쓱하며 그들에게 물었다.

"절 가만히 내버려 둘 건가요? 돈 몇 푼 때문에 제 신상정보를 중국에 팔아먹은 작자도 있는 마당에요?"

"우리 정부가 김현호 씨에게 위해를 가할 일은 없을 겁니다."

"전 그걸 못 믿겠다는 뜻입니다."

나는 한숨을 쉬었다.

"결국 두 분 다 시험을 끝까지 클리어하도록 전폭적으로 지원해 주겠다고 말은 안 하시잖아요. 그걸 원치 않는 거잖아요?"

"……"

"……"

김병호 비서실장은 물론이고, 박진성 회장도 결국에는 투자자인 것이다.

시험자의 안위보다 투자이익이 더 소중한 사람들이다.

나는 자리에서 일어섰다.

"더 얘기해 봐야 입장 차이만 확인할 뿐이겠네요. 이만 가보겠습니다."

차지혜도 나를 따라 일어났다.

우리는 함께 차를 타고 집으로 돌아갔다.

"잘 이해가 가지 않습니다."

운전하던 차지혜가 문득 말했다.

"뭐가요?"

"어째서 그렇게 시험을 클리어하는 것에 사명감을 가지시는 건지 말입니다."

"……"

"이제 김현호 씨는 강합니다. 시험 클리어에 몰두하지 않는다면, 딱히 아레나에서 목숨을 위협받을 일도 없어 보입니다."

그녀의 말이 맞다.

오히려 시험을 보겠다고 덤비는 쪽이 더 위험하지.

지난번 8회차 시험도 그랬다.

해적의 습격이고 나발이고 그냥 나 몰라라 하고 데포르트 항구를 떠났다면 위험할 일도 없었겠지.

오히려 나는 자진해서 목숨 걸고 싸우는 셈이었다.

"시험을 클리어하지 않고 시험자 신분과 스킬을 유지한다면, 계속 높은 수익과 대우를 받으며 사실 수 있습니다. 생명의 불꽃이 있으시니 마정 벌이 때문에 중국 시험단처럼 더러운 일을 하지 않아도 되지요."

"그렇겠죠."

"그런데 왜 시험을 군이 클리어하고 싶으신 겁니까?"

"……"

깊이 생각해 본 적이 없어서 나는 쉬이 대답하지 못했다.

딱히 어떤 사명감을 가져본 적은 없었다. 내가 뭐 정의감에

타오르는 히어로도 아니지 않은가.

다만…….

"그냥 싫은 것 같아요."

"아레나가 말입니까?"

"네, 팀원들이 죽는 걸 봤기 때문인지도 모르겠네요. 우리처럼 살아남은 시험자보다는 죽은 시험자가 훨씬 많은 테니까요."

"그럴 겁니다. 제가 한국아레나연구소에 있을 때도 살아 있는 시험자보다 죽은 시험자를 더 많이 봤습니다."

"그리고 시험은 율법과 천사들이 하는 일이잖아요."

"……."

"율법은 신이나 진리 같은 절대적인 존재잖아요. 시험에는 분명히 이유가 있을 거라고 생각해요."

"그렇군요."

"지금껏 치른 모든 시험은 다 정답이 있었어요. 그래서 전 그걸 믿는 거예요. 아무리 인간이 시험을 이용하려 들어도, 그것을 넘어서는 궁극적인 이유가 있을 거라고요."

타락한 시험자들이 생겨나고, 현실세계의 각국에서 시험을 이용한 사업을 준비하고 있다.

따져보면 이것조차도 율법의 안배라고 봐야 옳다.

분명 우리가 생각하는 것보다 훨씬 더 큰 무언가가 있을 거라고 생각한다.

그래서 나는 시험을 치른다.

계속 클리어해서 정답을 보고 말 것이다.

                    *   *   *

　부천에 돌아와 주차장에 들어왔을 때였다.

　차를 주차해 놓고 내렸을 때, 사내 둘이 우리에게 다가왔다.

　검은 곱슬머리와 짙은 갈색 피부로 보아 동남아시아 쪽 사람으로 보였다.

　"바람의 가호."

　낯선 이들이 기다렸다는 듯이 불쑥 접근해 오자 나는 일단 바람의 가호를 펼쳤다.

　차지혜도 오러를 끌어올렸는데, 다행히 두 외국인 사내는 싸울 의사가 없어 보였다.

　"안녕하시오."

　"우린 적이 아니니 경계하실 것 없소."

　두 사내는 아레나어로 말했다.

　하지만 두 사내가 시험자라는 사실을 알자 더욱 경계심이 들었다.

　둘 중 키 크고 잘생긴 사내가 오른손을 내밀었다.

　"아레나 인 인디아의 시험자 크리슈나요."

　아레나 인 인디아?

　차지혜가 나직이 귀띔해 주었다.

　"인도의 아레나 기관입니다."

　인도?

나는 의아해하면서도 순순히 크리슈나라는 잘생긴 인도인 사내와 악수를 했다.

이어서 이번에는 키가 작고 체격이 다부진 인도인 사내도 손을 내민다.

"인도 시험단에서 왔소. 라브라 부르시오."

인도 시험단? 이건 또 뭐야?

악수를 하면서도 나는 의아해져서 물었다.

"아레나 인 인디아는 뭐고 인도 시험단은 뭐죠?"

"저희 아레나 인 인디아는 인도 정부가 정식으로 시험자를 지원하는 공식기관입니다."

"저희 인도 시험단은 순수한 시험 클리어와 생존을 위해 시험자들끼리 뭉친 조직입니다."

경쟁적으로 설명하는 걸 보니 양측이 사이가 안 좋아 보였다.

근데 듣기에는 아레나 인 인디아는 마정 사업 및 이익을 위한 단체 같고, 인도 시험단은 노르딕 시험단처럼 순수하게 시험 공략을 위해 뭉친 듯했다.

자연스럽게 인도 시험단 쪽에 더 호감이 들 무렵이었다.

차지혜가 말했다.

"힌두교와 이슬람교입니다."

"아……."

그제야 나는 상황 파악이 됐다. 어느 쪽이 더 옳다 그르다 판별할 게 아니라는 거로군.

두 사내도 차지혜의 일침에 겸연쩍어진 듯했다.

"그런데 저희에게는 무슨 볼일이시죠?"

"김현호 씨를 영입하기 위해 찾아왔소."

"김현호 씨와 뜻을 함께하고 싶소."

크리슈나와 라브가 동시에 말했다.

서로 곁눈질을 하며 신경전을 벌이는 것도 잊지 않는 두 사람이었다.

'그러고 보니 이제 이런 일이 점점 많아지겠군.'

내 이름과 랭킹이 공개되었으니, 앞으로도 이런 영입 제안이 많을 터였다.

일단은 그들에게 거절 의사를 밝히며 돌려보냈다.

그들은 자기네들은 종교와 상관없이 나를 우대해 준다며 강조를 했다.

1천억 원대의 연봉도 제시했지만 돈은 별로 관심이 없었다.

그렇게 두 사람이 떠난 줄 알았는데, 크리슈나가 돌아왔다.

"그렇다면 다른 이야기를 하겠소."

"치료가 필요한 사람이 있나 보군요."

"그렇소."

난 대번에 용건을 알아맞혔다. 내게 볼일은 그 두 가지거든.

"미 달러 기준으로 2억 불입니다. 치료 기간은 2주, 치료를 행하는 장소는 한국입니다."

나는 지난번 맥런 회장을 치료하면서 나름대로 정한 기준을 그대로 말했다.

"치료 기간은 가타부타할 수 없지만, 가격도 너무 비싸고 그 분께선 거동이 불편하시오."

"제 휴식 시간은 매우 제한되어 있습니다. 2주가 넘는 기간을 타국에서 보내고 싶지 않습니다."

"인도는 좋은 곳이오. 방문하시는 2주간 극진히 대접하겠소."

"죄송합니다. 어떤 점도 타협이 불가합니다. 승낙 혹은 거절로 대답해 주십시오."

크리슈나는 나직이 신음했다.

"돈은 어떻게 받길 원하시오?"

"전액 치료 전에 제 스위스 계좌로 입금받고 싶습니다."

그러다가 나는 문득 생각나서 덧붙였다.

"카르마로 대신 지불하신다면 5천 카르마만 받겠습니다."

"5천 카르마? 될 것 같군. 좋소, 그럼 카르마로 대신 지불해 드리리다."

"요즘엔 카르마 구하기가 쉽지 않던데 가능한가요?"

"일가족들을 위해서 많은 돈을 남기고 싶어 하는 시험자는 늘 있소. 그리고 인도도 중국만큼이나 시험자가 많소. 이젠 중국 시험단보다 더 많고."

하긴 인도도 인구수로 따지면 중국에 비견되는 국가였지.

"아무튼 일단 돌아가 보고하겠소."

"알겠습니다."

그렇게 크리슈나가 떠났다.

현재 내게는 16,000카르마가 남아 있었다.

　만약 이번 거래로 5천 카르마를 더 획득하면 정령술을 올리든 다른 스킬 하나를 마스터하든 할 수 있는 것이었다.

　'일단 카르마 보상을 어떻게 할지 더 생각해 봐야겠다.'

10장

가공간 마스터

차지혜는 오러 컨트롤을 중급 5레벨까지 익히고, 체력보정을 상급 1레벨까지 올렸다고 한다.

"인공근육슈트가 있는데 왜 체력보정을 올리셨어요?"

"순간적으로 발휘하는 순발력은 인공근육슈트로 보강될 수 없는 부분이었습니다."

"그래요? 아무튼 이제 오러 마스터까지 얼마 안 남으셨네요."

"레벨 숫자로만 따지면 그렇지만 갈수록 많은 카르마가 필요해집니다."

"그나저나 제가 문제네요. 남은 카르마로 뭘 할지 모르겠어요."

"한번 스킬 목록을 보여주십시오."

우리는 머리를 맞대고 함께 내 스킬에 대해 연구했다.

내가 지금껏 익힌 스킬들은 다음과 같았다.

―메인스킬: 정령술(상급 1레벨).

―보조스킬: 체력보정(중급 5레벨), 길잡이(초급 1레벨), 순간이동(중급 1레벨), 시력보정(초급 1레벨).

―특수스킬: 스킬합성.

―합성스킬: 바람의 가호(마스터), 불꽃의 가호(마스터), 운동신경(마스터), 생명의 불꽃(중급 4레벨), 투과(초급 1레벨), 가공간(중급 1레벨), 사격(초급 1레벨), 탄약보정(마스터), 리로드, 동체시력(마스터), 투시(초급 1레벨), 궤도감지.

―잔여 카르마: +16,□□□

내 스킬 목록을 유심히 보던 차지혜가 문득 말했다.

"정령술을 올리는 것도 무난한 선택이긴 합니다만, 합성스킬 중에 투과라는 스킬은 마스터하실 생각이 없으신 겁니까?"

"아, 그리고 보니 그 스킬이 있었네요."

투과.

예전에 체력보정과 순간이동을 합성해서 만든 스킬이었다.

―투과(합성스킬): 날아오는 작은 물체를 신체에 지장 없이 투과시

킬 수 있습니다.

*초급 1레벨: 3초간 효과 지속, 쿨타임 1시간

"위험해서 잘 쓰지 않았던 스킬이에요."

뭔가가 내 몸을 통과 중인데 3초가 끝났다고 생각해 보라.

그럼 그 뭔가가 내 몸속에 있게 되는 것이다.

그게 무서워서 전혀 안 쓰고 있었다.

"마스터까지 올리면 효과 지속 시간도 늘지 않겠습니까?"

"그러네요."

나는 일단 석판을 소환해서 물어보았다.

"투과를 마스터까지 올리는 데 카르마가 얼마나 필요하지?"

―투과(합성스킬)를 마스터까지 올리는 데 필요한 카르마를 보여 드립니다.

―투과(합성스킬): 날아오는 작은 물체를 신체에 지장 없이 투과시 킬 수 있습니다.

*마스터: 하루 200초

―마스터까지 올리는 데 5,400카르마가 소모됩니다.

"쿨타임 제한 없이 하루에 200초를 자유롭게 펼칠 수 있네요."

"3분이 조금 넘는군요. 그만하면 충분히 위력적일 것 같습니다."

나는 곰곰이 생각해 보았다.

200초 동안 상대의 공격을 무시할 수 있다. 즉, 일방적으로 공격을 할 수 있는 것이다. 거기에 동체시력을 마스터한 효능까지 더해보자.

200초 동안 상대의 공격을 무시하고 일방적으로 공격하면서도, 상대가 어떻게 피할지조차 내다볼 수 있다!

'완전히 무적이겠는데?'

물론 제한도 있다.

투과 스킬의 적용 대상은 날아오는 '작은 물체' 다.

검이나 주먹처럼 타격점이 작지 않다면 투과가 불가능한 것이다.

아무튼 5,400카르마밖에 안 든다면 마스터할 가치가 있어 보였다.

'어차피 16,000카르마나 있으니까.'

아레나 인 인디아로부터 5천 카르마를 더 받게 될지도 모르고 말이다.

결국 나는 5,400카르마를 투자해서 투과를 마스터했다.

습득해 두었던 갖가지 스킬들을 하나씩 마스터하니까 이것도 보람이 있다.

이제 남은 카르마는 10,600.

정령술에 투자한다면 상급 3레벨로 만들 수 있는 정도였다.

그런데 나는 문득 다른 생각이 들었다.

"가공간도 마스터해 볼까요?"

"나쁜 생각 같지 않습니다. 마스터했을 때 또 다른 부가옵션이 생길지도 모르겠습니다."

"저도 그걸 기대했어요."

가공간이 중급 1레벨로 올랐을 때, 전자기기의 수납이 가능해졌다.

그럼 그다음 등급에서는 또 어떤 옵션이 생길지도 모른다.

'화약무기의 수납이 가능해진다고 하면 끝내주겠는데.'

나는 그런 상상을 하며, 석판에 대고 말했다.

"가공간 스킬에 카르마를 투자했을 때를 보여줘."

그러자 석판에 가공간 스킬에 대한 설명이 주르륵 나열되었다.

─가공간(합성스킬): 가상의 공간을 만들어 물건을 수납합니다. '넣어', '꺼내' 명령어로 수납이 가능합니다.

*중급 1레벨: 200×200×200cm, 전자기기의 수납 및 반입이 가능해집니다.

*중급 2레벨: 300×300×300cm, 전자기기의 수납 및 반입이 가능해집니다. (-500)

*중급 3레벨: 400×400×400cm, 전자기기의 수납 및 반입이 가능해집니다. (-600)

*중급 4레벨: 500×500×500cm, 전자기기의 수납 및 반입이 가능해집니다. (-700)

*중급 5레벨: 600×600×600cm, 전자기기의·수납 및 반입이

가능해집니다. (—8ㅁㅁ)

　＊마스터: 1,ㅁㅁㅁ×1,ㅁㅁㅁ×1,ㅁㅁㅁcm, 전자기기와 생명체의 수납 및 반입이 가능해집니다. (—15ㅁㅁ)

　—마스터까지 4,1ㅁㅁ카르마가 소모됩니다.

　—잔여 카르마: +1ㅁ,6ㅁㅁ

"뭐?!"

나는 깜짝 놀라 소리쳤다.

"뭡니까?"

곁에 있던 차지혜가 궁금해 했다.

"중급 5레벨 다음에 바로 마스터인데요, 생명체도 수납 및 반입이 가능하다고 되어 있네요."

"살아 있는 생명체를 말입니까?"

"예."

"살아 있는 그대로 반입할 수가 있다는 뜻이겠군요."

"그렇겠죠."

가공간 내에서는 시간이 정지되어 있다. 음식과 물을 가공간에 보관해 봤기에 알 수 있다.

막 구운 피자 몇 판을 가공간에 넣어놨더니, 언제든 아레나에서 따끈따끈한 피자를 먹을 수 있었다.

즉, 가공간에 생명체를 넣어놔도 그 안에서 굶어죽거나 질식사하진 않을 거라는 뜻이었다.

"근데 이게 시험에 도움이 될까요?"

"적어도 각국의 아레나 기관으로서는 획기적인 일이 될 겁니다."

그야 그렇겠지.

현실세계에서는 없는 아레나의 생명체를 가져온다면 그것만으로도 얼마나 가치 있는 연구대상이겠는가.

'살아 있는 괴물을 가져와서 사육시킬 생각도 하겠지.'

확실한 안전성만 보장된다면 그게 꼭 나빠 보이지는 않는다.

그런 식으로 마정을 안전하게 얻을 수 있으면 굳이 시험자를 이용할 필요도 없으니까.

흐음, 하지만 이게 시험 클리어에 도움이 될지가 문제인데.

'어차피 카르마도 많은데 그냥 질러버릴까?'

어찌 되었든 가공간의 여유 공간이 넓어질수록 좋은 일이니 말이다.

나는 고민 끝에 가공간을 올렸다.

—4,100카르마로 가공간(합성스킬)를 마스터까지 올립니다.

—잔여 카르마: +6,500

"한번 실험을 해볼까요?"

"그럼 절 수납해 보십시오."

차지혜의 말에 나는 화들짝 놀랐다.

"아, 안 돼요!"

"왜 안 됩니까?"

"일단 동물로 실험을 해봐야죠!"

"안전성에 딱히 문제는 없어 보입니다만."

"뭔 여자가 이렇게 대범해!"

결국 비둘기 한 마리를 잡아다가 실험해 보기로 했다.

실프를 시켜서 잡아온 비둘기 한 마리를 가공간에 집어넣었다.

파앗!

가공간으로 사라져 버린 비둘기.

나는 초조한 마음으로 기다렸다가 다시 비둘기를 꺼내보았다.

푸드덕!

비둘기는 꺼내지자마자 펄쩍 날갯짓해 떠났다.

"아무 문제없어 보입니다."

"그렇긴 한데……."

"해보십시오."

"끄응."

나는 갈등했다.

"일단 해봐야 하는 실험이 하나 있습니다."

"뭔데요?"

"상대의 의사와 상관없이 수납이 가능한가."

"아!"

차지혜의 지적대로였다.

상대의 의사와 상관없이 내 손에 닿기만 하면 수납할 수 있다면 어떨까?

가공간에 멋대로 넣어놨다가 절벽 아래에서 꺼내 버릴 수도 있다.

"한번 해보십시오."

"아, 알겠어요."

나는 차지혜의 손목을 잡고 '넣어' 라고 명령을 내렸다.

하지만 차지혜는 변함없이 내 옆에 있었다.

"역시 안 되네요."

"그럼 이번에는 제가 가공간에 수납되는 데 동의해 보겠습니다."

다시 한 번 가공간에 그녀를 넣어보았다. 그러자…….

파앗!

하고 그녀가 사라져 버렸다.

놀란 나는 다시 소리쳤다.

"차지혜를 꺼내!"

파아앗!

차지혜가 다시 내 눈앞에 나타났다.

그녀는 의아한 얼굴로 말했다.

"역시 안 됩니까?"

"예?"

"분명 전 가공간에 들어가고 싶다고 생각했는데요."

"모르시겠어요? 차지혜 씨 방금 가공간에 들어갔다 나왔어요."

"정말입니까?"

차지혜의 눈에 놀라움이 어렸다.

아무래도 가공간 내부에서는 시간이 멈춰 있기 때문에 그녀는 인지를 못한 듯했다.

아무튼 가공간에 들어갔다 나온 차지혜에게는 어떤 안 좋은 증상도 없었다.

"나중에 실험을 하나 더 해보죠. 제가 자고 있을 때 저를 가공간에 수납해 보십시오."

"무방비 상태일 때 수납이 가능한지를 말이죠?"

"그렇습니다."

"나중에 한번 해볼게요."

그나저나 생명체를 수납할 수 있다는 이 기능을 어떻게 이용할 수 있을까?

차지혜가 제안을 했다.

"보조스킬 중에 동물을 조련할 수 있는 스킬이 있습니다."

"동물을 조련해요?"

"예, 괴물은 조련이 불가능하지만, 맹수를 조련해서 전투에 이용하는 시험자도 있긴 했습니다."

"그래요?"

"예, 레벨을 올릴수록 맹수도 강해진다고 합니다. 물론 시험 회차가 늘어날수록 장점보다 단점이 더 많아져서 요즘은 거의 안 쓴다고 합니다만."

"어떤 단점이요?"

"일단 큰 동물은 사람 많은 곳에서 데리고 다니기가 번거롭고, 먹이도 문제가 됩니다. 그리고 동물을 강하게 만드는데 카르마를 투자할수록 본인이 강해질 기회가 줄어듭니다."

"아……."

"하지만 그 단점들 상당수가 김현호 씨에게는 적용되지 않습니다."

가공간!

동물을 마음대로 수납할 수 있으니 데리고 다니기 번거롭지 않다.

마스터한 가공간은 가로세로높이가 무려 10미터씩!

엄청난 공간이다!

그깟 동물 먹이 따윈 얼마든지 수납할 수 있었다.

게다가 상당한 강자가 된 나에게는 카르마를 다른 곳에 쓸 여유도 충분했다.

'호랑이 같은 맹수 하나를 길들여서 비장의 카드로 쓰면 좋을 것 같은데.'

갑자기 맹수가 튀어나와 공격하면 상대를 당황시키기에 충분할 것 같았다. 위험한 순간에 방패막이로 쓸 수도 있고 말이다.

그날 밤, 함께 잠자리에 들던 차지혜가 문득 뭔가가 생각났는지 내 쪽을 바라보았다.

"가로세로높이가 10미터라고 하셨습니까?"

"예."

"그럼 자동차는 넣을 수 없습니까?"

"헉!"

나는 비명 같은 탄성을 터뜨렸다.

그렇다!

자동차가 있었다.

자동차랑 휘발유를 수납해서 아레나에서 사용한다면……!

"아, 그런데 될지 모르겠네요. 단순 전자기기라면 모를까, 화석연료로 가는 자동차는 안 될지도 몰라요."

"그건 문제없습니다."

"……?"

"수많은 아레나 관련 기관에서 마정으로 가는 자동차를 개발했을 겁니다."

"아……."

그렇구나.

마정을 연료로 쓰는 자동차라면 허용될지도 모른다.

그런 마정 자동차는 메커니즘상 '마정을 쓰는 전자기기'일 테니, 내 가공간으로 수납이 가능할 터였다.

"오딘이나 박진성 회장에게 한 대 구할 수 없나 물어봐야겠네요."

"진성그룹은 IT기기 쪽으로 특화되어 있어서 마정 자동차 쪽은 개발을 못했을 겁니다."

"그럼 오딘에게 물어봐야겠네요."

아레나에서 자동차를 타고 씽씽 달릴 생각을 하니 벌써부터 기분이 좋아졌다.

시험이 기다려지는 적은 이번이 처음이었다.

며칠이 지나고서, 아레나 인 인디아에서 한국에 입국했다는 소식을 들었다.

내게 전화를 한 사람은 예의 크리슈나였다.

―5,000카르마 상당의 아이템 백팩을 준비했소.

"예, 받는 대로 치료를 시작하겠습니다."

―치료 방식은 어떻게 되는 거요?

"환자와 직접 만날 필요도 없습니다. 그냥 매일매일 제가 드리는 생명의 불꽃을 드시면 됩니다."

―제3자가 건네받아도 되는 거요?

"상관없습니다. 환자가 어떤 분이신지는 모르겠지만, 편안하게 한국 관광을 하시면서 치료를 받으실 수 있습니다."

―잘됐구려. 그럼 앞으로 2주간 매일 내가 김현호 씨를 만나 불꽃을 받아가겠소.

"그렇게 하세요."

―그럼 곧 찾아뵙겠소.

그날 오후에 나는 크리슈나에게서 아이템 백팩 20개를 받았다.

나는 생명의 불꽃 하나를 만들어서 크리슈나에게 건넸다.

크리슈나는 그것을 조심스럽게 큰 유리병에 넣어두고 떠났다.

"지혜 씨도 좀 가지세요."

나는 아이템 백팩 10개를 건네주었다.

"그렇게까지 폐를 끼치고 싶지 않습니다."

"폐라뇨. 우린 끝까지 함께해야 할 사이잖아요."

내 말이 좀 묘하게 들렸나?

차지혜의 얼굴빛이 조금 붉어졌다.

정말 오랜만에 보는, 부끄러워하는 그녀의 표정이었다.

"그, 그럼 6개만 받겠습니다."

"방금 부끄러워하신 거죠?"

"아닙니다."

"에이, 맞잖아요."

"아닙니다."

"제 소원이에요. 부끄러웠다고 인정해 보세요."

"싫습니다."

"아이템 백팩 6개면 무려 1,500카르마인데. 그 정도 보답도 못 해주세요? 정말 매정하시다."

"……차라리 다른 보상을 해드리겠습니다."

"싫어요. 부끄럽다고 인정해 주세요."

아, 재밌다.

어찌할 바를 모르고 흔들거리는 차지혜의 눈빛이 볼수록 귀여워 죽겠다. 이 여자가 평소에 좀 포커페이스여야 말이지.

차지혜는 입술을 달싹거리며 뭐라고 말하려 했다.

하지만 '부' 까지 나왔을 때, 그녀는 고개를 휘휘 내저었다.

"……역시 싫습니다."

"알았어요. 그럼 다른 보상."

"보상을 꼭 해드려야 하는 겁니까."

"네."

"치사한 남자입니다. 좋습니다, 말씀해 보십시오."

"한 시간 동안 쓰담쓰담 해줄게요."

차지혜의 얼굴이 폭발할 것처럼 빨개졌다.

'흐흐, 재미있네.'

나는 터져 나오려는 웃음을 참았다.

"더 큰 보상을 밤에 해드릴 수 있습니다."

"싫어요. 쓰담쓰담 할래요."

성적인 문제야 어차피 내가 요구하면 거절한 적이 없던 차지혜였다.

"자자, 이리 오세요."

"으윽……."

차지혜는 내게 끌려와 나란히 소파에 앉았다.

그녀의 머리를 내 어깨에 붙여 기대게 했다. 그것만으로도 차지혜는 충분히 당혹스러워했다.

나는 한 손으로 천천히 그녀의 머리를 쓰다듬었다.

쓰담쓰담.

몹시도 부끄러워하는 차지혜의 반응 때문에 나는 시간 가는 줄을 몰랐다.

한 시간이 충분히 지났지만 우리는 계속 그렇게 있었다.

＊　　　＊　　　＊

아이템 백팩 14개를 카르마로 환불받으니 3,500카르마였다.

"석판 소환."

—성명(Name): 김현호
—클래스(Class): 4口
—카르마(Karma): +10,000
—시험(Mission): 다음 시험까지 휴식을 취하라.
—제한 시간(Time limit): 매일 16시간

스킬 몇 개를 마스터했는데도 아직도 1만 카르마!

'정말 넘쳐흐르는군.'

차지혜에게 1,500카르마를 선물해 주길 잘했어.

더 주고 싶었는데 극구 거절하니 어쩔 수가 없다.

더 줄 테니 더 쓰다듬게 해달라고 요구했더니 더더욱 단호하게 거절을 하는 차지혜였다. 하여간……

그렇게 2주가 흘렀다.

그사이에 오딘에게서 연락이 왔다. 내가 요구했던 마정 자동차를 구했다는 연락이었다.

가격이 한화로 122억 원이었던가?

더럽게 비쌌는데 당연히 내가 지불해야 했다.

아레나 인 인디아의 환자 치료가 끝난 2주째에 우리는 비행기 티켓을 끊고 덴마크로 출발했다.

노르딕 시험단 본부에 도착하니 후다닥 달려와 반기는 사람이 있었다.

"현호!"

슉 하고 뛰어들어 내 목에 거칠게 매달리는 그녀는 바로 마리 요한나였다.

"보고 싶었어?"

마리는 내게 엉겨 붙어 아양을 떨었다.

차지혜가 옆에 있어서 나는 마리를 떨어뜨리려고 기를 썼다.

그런데 마리는 뭔가를 느꼈는지 나와 차지혜를 번갈아보는 게 아닌가.

마리의 눈빛이 가늘어졌다.

"이상해."

"뭐, 뭐가요?"

"둘이 이상해!"

"안 이상합니다."

차지혜가 특유의 사무적인 어조로 대꾸했다.

"둘이 뭐 있지!"

마리가 씩씩거리며 따져들었다.

"없습니다."

"무슨 일 있었잖아!"

"없었습니다."

차지혜의 철벽 디펜스.

마리는 씨근덕거렸지만 달리 추궁할 도리가 없어서 포기하고 말았다.

때마침 오딘이 나타났다.

"오셨소?"

"예."

"구해달라고 했던 차는 준비해 놨소. 밖에 나온 김에 바로 보러 갑시다."

"그러죠."

뒤편의 주차장에 차들이 세워져 있었다.

아레나 업계 관계자들은 하나같이 잘 사는 것일까?

평범한 차량이 보이지 않았다.

포르쉐, 페라리, 재규어, 머스탱 등 하나같이 고급스러운 차량뿐이었다.

그런데 그중에서도 유독 눈에 띠는 슈퍼카가 있었다.

국제 모터쇼에서나 볼 수 있는 콘셉트 카처럼 특이하게 생긴 2인승 차량이었다.

좌석은 운전석과 보조석 단 2개.

길이가 3미터도 안 될 것 같은 작은 스포츠카였다.

곡선의 우아함과 날렵함을 갖춘 대단히 시크한 디자인!

"이건가요?"

"그렇소."

"우와……."

이게 바로 122억짜리 차란 말이지!

"잘 보시오."

오딘은 차의 보닛을 열어보였다.

일반 차량과 비슷한 내부 구조가 보였다.

하지만 명백하게 다른 특이점이 하나 있었다.

바로 정중앙에 위치한 원통형의 투명한 케이스였다.

플라스틱 재질처럼 생긴 원통 안에 마정이 들어 있었다.

오딘은 원통의 뚜껑을 열어보였다.

"이 안에 마정을 넣으면 되오."

"쉽네요."

"쉽지. 운전도 쉬우니 한번 타보시겠소?"

"좋죠."

난 운전석에 올라탔다.

차가 굉장히 콤팩트한데도 내부는 꽤 여유가 있었다.

자연스럽게 차지혜가 보조석의 문을 열었다. 그런데 그때,

"히힛!"

마리가 쏜살같이 안으로 들어와 앉는 게 아닌가.

"달려, 현호!"

잔뜩 들뜬 마리. 그리고 차지혜는,

"……."

빤히 나를 쳐다보고 있었다.

평소 마리나 현지 같은 방해꾼들에게 대단히 관대했던 그녀가 약간은 불만 어린 눈빛을 띠고 있었다.

'고양이와 자동차에 대해서는 타협이 없구나.'

요즘에도 실프를 소환해 주면 몇 시간이고 내내 쓰다듬고 놀고 하는 차지혜였다.

돈 생겼다고 대뜸 화려한 하얀색 람보르기니를 지른 걸 보면 차도 좋아하는 듯했다.

나는 마리에게 말했다.

"마리 씨, 나중에 태워줄 테니까……."

"흐아아앙!"

마리는 버둥거리며 울기 시작했다. 아직 말도 안 끝났는데!

나는 짧은 고민 끝에 운전석을 차지혜에게 양보했다.

차지혜는 운전석에 앉아 만족스러운 눈빛으로 핸들을 만지작거렸다.

마리는 언제 울었냐는 듯이 뚝 그친 채 '쳇' 하는 표정을 지었다.

차지혜가 빠른 속도로 노르딕 시험단 본부를 몇 바퀴 돌아본 후에야 비로소 내 시승 순서가 왔다.

결과부터 말하자면 끝내줬다.

밟으면 쭉쭉 나아가는 속도감이 포르쉐보다 훌륭했다.

마정을 써서 그런지 엔진 소음도 없어서, 마치 어둠 속에서 움직이는 암살자 같은 차였다.

차지혜는 나의 마정 자동차를 부러운 눈길로 쳐다보았다.

저렇게 뭔가를 바라는 그녀의 표정은 실프를 보여줬을 때 이후로 처음이었다.

"갖고 싶나요?"

"예."

"그럼 쓰담 100시간……."

"됐습니다."

쳇.

마정 자동차의 명칭은 맥런 MSM—2.

"맥런이요?"

"맥런 가문이 개발한 차요."

그렇구나.

마정 응용 기술로 이만큼 훌륭한 슈퍼카를 개발하다니. 역시 아레나 사업에서 가장 앞서나갔다는 맥런 가문다웠다.

"이걸 아레나로 가져가서 타고 다닐 수 있다니, 정말 부럽구려."

오딘은 진심으로 부럽다는 표정이었다.

"하하, 그렇죠? 저도 시험이 기다려지긴 처음이에요."

"마음 같아서는 영지 하나를 줘서라도 그 차를 얻고 싶은 심정이오."

"하하하. 그 정도예요?"

"아레나에서 이동수단 때문에 얼마나 답답한지 마차를 타고 다니면서 느끼셨잖소."

"그렇죠. 생각 같아서는 경비행기라도 타고 싶었는걸요."

말하다 말고 나는 아차 싶었다.

"그러고 보니 경비행기도 마정 응용 기술이 적용된 게 있지 않을까요?"

내 물음에 오딘은 고개를 끄덕였다.

"있을 거요. 그것도 맥런 가문에서 개발한 모델이 있다고 들었소."

"가능하면 그것도 구매해 주시겠어요?"

"그건 어렵지 않소만……."

"왜요?"

"……정말 부럽구려."

오딘은 자신도 어떻게 한 대 가져다줄 수 없겠느냐는 눈으로 날 보았다.

물론 부피가 너무 많이 나가므로 거절했다. 내 가공간도 한계가 있거든.

한참을 자동차 얘기로 이야기꽃을 피웠다가 정찰위성 개발 문제로 넘어갔다.

"아레나에서 쓸 정찰위성 개발은 거의 완성 단계요. 다만 마정이 적용된 위성을 통신수단으로 통제하는 문제에서 조금씩 오차가 있어서 애를 먹는다는군."

"그래도 조만간 아레나에 가져갈 수 있겠네요."

"그렇소. 정찰 위성만 띄워 버리면, 그때부턴 6인의 대사제인지 뭔지 하는 놈들을 찾는 일도 시간문제요. 수상한 놈을 골라 집중감시하면 꼬리에 꼬리를 물고서 6인의 대사제란 놈들까지 이어질 거요."

"아마도 6인의 대사제가 시험의 최종 목적과 연관된 자들이 겠죠?"

"그렇소. 대륙을 움직이고 있는 음모의 중심에 그들이 있으니 말이오."

오딘은 문득 뭔가가 떠올랐다는 듯이 말을 이었다.

"그런데 그것 아시오?"

"뭐가요?"

"아레나라는 세계 말이오."

"예."

"어떻게 중력과 하루의 길이가 현실세계의 지구와 똑같을까 생각해 본 적 없소?"

"아, 그러고 보니 그 생각을 못했네요."

그냥 천사들이 시험자를 위해 편의를 제공한 것이려니 하고 넘어갔지.

가만히 생각해 보면 신기한 일이었다.

중력이 같다는 건 지구와 질량·부피가 동일하다는 뜻이다.

하루의 길이가 같다는 건 태양과의 거리, 공전자전속도 등이 지구와 동일하다는 의미였다.

"그뿐만이 아니오. 천문을 관측해 보아도 현실세계와 완전히 일치하고 있소."

"별자리까지?"

"그렇소. 그래서 이런 의견이 제기되고 있소. 아레나는 현실의 또 다른 모습, 즉 평행세계가 아닐까 하고 말이오."

평행이론, 뭐 그런 건가?

"한마디로 현실세계의 또 다른 모습이라는 뜻이네요."

"그렇소."

"그 사실을 알고 많은 생각을 해보았소."

오딘이 말했소.

"만나면 안 되는 두 세계에 시험과 시험자라는 접점이 생겨 버렸소."

"……."

"현실세계의 각국 기관이 물리적으로는 절대로 닿을 수 없는 아레나에 대해 연구하고 관련 사업을 준비하고 있소."

"마정과 마정을 응용하는 기술도 생겨났죠."

"그렇소. 두 세계 사이에 접점이 생기고부터 점점 공통점이 늘어나고 있소."

오딘이 말을 이었다.

"어쩐지 조금씩 두 세계가 하나로 겹쳐지고 있다고 생각되지 않소?"

11장

맹수

덴마크를 떠나면서도 계속 오딘의 말이 귓가에 맴돌았다.

"조금씩 두 세계가 하나로 겹쳐지고 있다고 생각되지 않소?"

그 황당무계하다고도 할 수 있는 추측이 사실이라고 가정한
다면 많은 것이 설명된다.

아레나와 현실세계.

두 세계는 시험자들에 의해서 서로 영향을 주고 있었다.

오딘과 같은 강한 시험자들은 아레나에서 요직을 차지하면
서 알게 모르게 현대의 사고방식을 적용하고 있었다.

현실세계는 어떠한가?

아주 세계 각국에서 이레나를 이용한 사업을 대대적으로 준비하고 있다.

그 본질적인 원인은 시험.

시험을 제공한 주체는 바로 율법과 천사들. 이렇게 되리라는 것을 예상 못했을 리가 없었다.

그렇다면 대체 이 시험의 의미는 무엇일까.

그리고 나는?

전자기기는 물론 살아 있는 생명체까지 두 세계를 오가며 수납할 수 있는 나라는 존재는 어떤 의미일까.

급격이 성장해 지금에 이른 나라는 시험의 행보를 율법이 안배한 일이라면, 그 의미가 참으로 의미심장하다.

마치 모든 것의 키가 나에게 주어진 것 같은 기분이 들었다.

'자의식 과잉인가?'

나는 이내 이 생각을 털어버렸다.

답도 안 나오는 문제를 갖고 끙끙 앓아봐야 무슨 소용이겠는가.

한국에 돌아온 나는 진성그룹의 제3비서과 이정식 실장에게 전화를 걸었다.

―무슨 일이십니까?

"맹수를 구해다주실 수 있나요?"

―······맹수라고 하시면······.

이정식 실장의 목소리에 당혹감이 섞였다. 뭐, 당연한 반응이었다.

"호랑이, 표범, 뭐 그런 것들이요."

말해놓고도 나 스스로도 민망해져서 덧붙였다.

"무리하실 필요는 없어요."

─맹수를 손에 넣으려면 러시아 밀렵 조직 같은 더러운 부류와 접촉해야 합니다.

"그렇게까지 하실 필요는……."

─러시아 마피아와 끈이 없는 건 아니니, 그쪽으로 한번 시도는 해보겠습니다.

"예, 부탁드려요."

─빠른 시일 내에 결과를 가져오겠습니다.

전에도 그랬지만, 요즘 들어 부쩍 나에게 성실해진 이정식 실장이었다.

'박진성 회장이 따로 언질을 준 건가?'

아마 그랬으리라 싶다.

전에 청와대 관계자인 김병호 비서실장과 만났던 일이 틀어진 게 마음에 걸리는 모양이지.

앞으로도 내 생각이 달라질 일은 없겠지만, 뭐 나야 잘 챙겨줄수록 고마울 따름이지.

*   *   *

그로부터 며칠이 지났을 때였다. 진성그룹으로부터 연락이 왔다.

그런데 연락한 사람이 다름 아닌 박진성 회장이었다.

―잘 지냈어?

"예, 그때 뵌 후로 얼마나 지났다고요."

―그렇지? 그래, 그날 얘기는 좀 안 됐지만 너무 기분 나빠하지는 말고.

"기분 나빠하긴요. 저도 도와드리지 못해서 죄송하죠."

―그래, 아무튼 네가 부탁했던 것 때문에 전화했어.

"맹수요?"

―이놈아, 맹수는 좀 아니지 않냐?

"역시 그렇죠?"

―우리 진성그룹도 체면이 있지, 보호동물 밀엽 같은 짓을 못하겠고, 귀한 사냥개를 암수 한 쌍 줄게.

"사냥개요?"

―그래, 보면 놀랄걸? 굉장히 귀한 품종이야.

나는 곰곰이 생각해 보았다.

아무리 사냥개가 품종이 좋아도 호랑이 같은 맹수만 못했다.

결국 난 고개를 휘휘 저었다.

"아뇨, 괜찮아요. 맹수가 아니면 의미가 없거든요."

―쯧, 그래?

"그렇게 절박하게 필요한 것도 아니었으니까 괜찮아요."

―알았다.

통화를 마치고서 나는 곰곰이 생각해 보았다.

동물을 조련하는 스킬이 나에게 얼마나 쓸모가 있을까?

'일단 스킬을 한번 살펴보고 결정할까?'

나는 석판을 소환했다.

"동물을 조련하는 스킬을 보여줘."

그러자 석판의 글씨가 꿈틀거리며 변화했다.

─동물과 관련된 보조스킬을 모두 보여드립니다.

1. 동물조련(보조스킬): 동물을 다루는 능력이 향상됩니다. 레벨이
높아질수록 복잡한 명령을 내릴 수 있습니다.

 *초급 1레벨: 동물을 한 마리 복종시킵니다. (─1ㅁㅁ)

2. 동물강화(보조스킬): 동물의 육체를 일시적으로 강화시킵니다.
레벨에 따라 강화 정도가 달라집니다.

 *초급 1레벨: 지속시간 5ㅁ초 (─1ㅁㅁ)

─잔여 카르마: +1ㅁ,ㅁㅁㅁ

'두 개밖에 없구나.'

그나마도 2번의 동물강화는 마음에 들지 않았다.

지속 시간이 따로 존재한다니, 싸울 때마다 일일이 스킬을
걸어줘야 하는 게 아닌가.

'가만, 나에게는 스킬합성이 있잖아?'

일단 동물조련은 동물을 나루려면 꼭 있어야 하는 보조스킬
이었다.

일단 동물조련을 습득하고서 체력보정과 합성하면 어떨까?
그럼 동물의 체력을 보정시켜 주는 합성스킬이 만들어지지 않
을까?

'한번 해보자.'

해보고 안 되면 그냥 카르마를 더 낭비하지 않고 포기해 버
릴 생각이었다.

실패하더라도 그냥 100카르마만 버리고 끝날 뿐이니까. 그
정도야 내겐 껌 값이다.

"동물조련을 습득한다."

파앗!

석판에서 빛이 뿜어져 나왔다.

―동물조련(보조스킬) 초급 1레벨을 습득했습니다. '스킬확인'이
라고 말씀하시면 습득한 모든 스킬을 확인할 수 있습니다.

―잔여 카르마: +9,900

'좋아.'

이제 그 다음은 스킬합성이다.

"스킬합성."

―합성에 사용할 스킬이나 아이템을 선택하십시오.

1. 합성 가능한 스킬: 정령술(실프), 정령술(카사), 체력보정, 길잡이, 순간이동, 시력보정, 동물조련.

2. 합성 가능한 아이템: AW5MF, 닐슨 H2(2정), 357매그넘탄(4발).

*합성에 사용한 아이템은 소멸됩니다.

'이번에도 차례대로 해봐야지.'

스킬을 합성하는 데 카르마가 드는 것도 아니니까.

"정령술 실프와 동물조련을 합성하겠다."

―정령술(실프)과 동물조련(보조스킬)을 합성합니다.

―합성 실패.

"정령술 카사와 동물조련을 합성한다."

―정령술(카사)과 동물조련(보조스킬)을 합성합니다.

―합성 실패.

"쳇, 그럼 체력보정과 동물조련을 합성한다."

그때였다.

파아앗!

―합성 성공. 성장촉진(합성스킬)을 습득했습니다.

―성장촉진(합성스킬): 키우는 동물의 성장을 촉진시켜 더 빠르게 더 크게 합니다. 레벨에 따라 성장속도가 달라집니다.

＊초급 1레벨: 잠재된 한계까지 성장시킬 수 있습니다.

'좋아!'

이로서 내가 키우는 맹수는 더 빨리, 더 크게 성장하는 것이다.

마스터까지 레벨을 올리면 어떻게 될까?

몹시 궁금해진 나는 석판에게 물어보았다.

"성장촉진을 마스터했을 때를 보여줘."

―성장촉진(합성스킬): 키우는 동물의 성장을 촉진시켜 더 빠르게 더 크게 합니다. 레벨에 따라 성장속도가 달라집니다.

＊마스터: 성장 한계치의 3배까지 성장시킬 수 있습니다. 성장기가 끝난 동물에게도 적용됩니다.

―마스터까지 올리는 데 5,400카르마가 소모됩니다.

―잔여 카르마: 9,900

'3배?'

성장 한계치의 3배까지 성장시킬 수 있다면, 그야말로 맹수 하나를 괴물급으로 만드는 셈이었다.

호랑이가 3배로 커졌다고 생각해 보자. 그 정도면 정말 트

롤이라도 사냥할 수 있지 않을까?

하지만 그와 동시에 회의가 들었다.

'그게 뭔 소용이지?'

그랬다.

호랑이 같은 맹수가 3배로 커져 봐야 웬만한 베테랑 시험자에게는 그리 큰 위협이 아니었다.

차지혜 정도 되는 오러 엑스퍼트급 무인들에게도, 마법사들에게도 한 방 감밖에 되지 않는다.

'그래도 이왕 습득한 보조스킬인데, 합성이나 계속 해보자.'

"길잡이와 동물조련을 합성한다."

파앗!

석판에서 빛이 뿜어졌다.

이번에도 성공이었다.

─합성 성공. 동물추적(합성스킬)을 습득했습니다.

─동물추적(합성스킬): 동물에게 추적을 명령할 수 있습니다. 냄새를 인식하면 타깃이 어디에 있든 추적이 가능합니다.

＊조건: 동물이 사용자를 주인으로 인식해야 합니다.

'어라?'

상당히 유용한 스킬이었다.

게다가 레벨이 없었다.

더 카르마를 써서 레벨을 올릴 필요가 없는, 리로드나 궤도 감지처럼 처음부터 완성된 스킬인 것이다.

'좋은데?'

타깃이 어디에 있든 추적이 가능하다!

어디에 숨어 있든, 아무리 멀리 떨어져 있어도 찾아낼 수가 있는 것이다.

'이것도 사기 스킬이네.'

그 6인의 대사제라는 놈들도 옷가지나 소지품이라도 찾아내면 추적이 가능해진다.

'계속 해보자.'

이번에는 순간이동과 동물조련을 합성해 보았다.

―합성 성공. 콜(합성스킬)을 습득했습니다.

―콜(합성스킬): 동물을 곁으로 소환됩니다. 동물이 어디에 있든 소환 가능합니다.

＊조건: 동물이 사용자를 주인으로 인식해야 합니다.

애완동물 키우는 사람에게는 유용한 스킬이겠군.

이번에도 레벨이 없는 스킬이다.

그 밖에도 나는 시력보정, 357매그넘탄 등과 합성을 시도해 보았지만 연거푸 실패했다.

이번에 새로 얻은 스킬을 쭉 보자면,

—보조스킬: 동물조련.

—합성스킬: 성장촉진, 동물추적, 콜.

고작 100카르마만 투자한 것에 비하면 성과가 컸다.

'여러 가지로 쓸모 있는 스킬이 많은데, 한번 동물 키우는 쪽에 카르마를 투자해 볼까?'

괜한 낭비가 될지도 몰라서 나는 망설여졌다.

차지혜에게 물어보니 뜻밖에도 차지혜는 동물 문제에 찬성했다.

"동물조련이라는 스킬은 레벨이 오를수록 복종시킬 수 있는 동물의 숫자가 늘어납니다."

음?

듣고 보니 그러네.

"여러 마리를 이끈다면 현호 씨의 합성스킬들로 강해진 동물들로 일개 대대급의 전력이 생기지 않을까 싶습니다."

"그도 그러네요. 한번 시도해 볼 만하겠어요."

"아레나에는 현실세계보다 더 크고 강한 맹수를 쉽게 찾아볼 수 있으니 미리 스킬을 올려놓는 것이 어떻겠습니까?"

"좋아요. 그렇게 해야겠어요."

나는 신중하게 고려해서 카르마를 투자했다.

일단은 성장촉진에 5,400카르마를 소모해 마스터로 만들었다.

남은 4,500카르마는 보조스킬 동물조련에 투입!

―ᄀ,ᄆᄆᄆ카르마로 동물조련(보조스킬)을 중급 5레벨까지 올립니다.

―동물조련(보조스킬): 동물을 다루는 능력이 크게 향상됩니다. 레벨이 높아질수록 복잡한 명령을 내릴 수 있습니다.

＊중급 5레벨: 동물을 1ᄆᄆ마리 복종시킵니다. (―1ᄆᄆ)

―잔여 카르마: +6ᄆᄆ

*　　*　　*

시간은 유수처럼 빠르게 흘렀다.

한가롭게 보낸 휴식 시간.

100일간 가족들은 변함이 없었다.

누나는 여전히 남자가 없었고, 장사를 접을 생각인 엄마는 아직 후계자를 구하지 못한 미련 탓에 여전히 닭강정을 볶았다.

온라인 쇼핑몰을 하겠다고 설치는 현지는 누나의 권유(명령)로 온라인 쇼핑몰 창업 교육을 듣고 있다.

교육을 다 받고 창업을 하면 누나와 내가 3천만 원씩 자본금으로 대주기로 했다.

만약 해보고 잘 안 되면 꼼짝없이 시키는 대로 하기로 했다.

내 예상컨대, 현지는 쇼핑몰을 시원하게 말아먹고서 닭강정을 볶을 듯했다.

……그냥 내가 박진성 회장에게 전화해서 진성그룹에 꽂아

넣든가 해야겠다. 싫어하는 일을 시키기도 불쌍하잖나.

그렇게 시간이 흐르고 흘러서 9회차 시험 당일이 되었다.

"어서 옵쇼!"

아기 천사가 히죽히죽 웃으며 반겼다.

"언제 봐도 재수 없군."

"이젠 대놓고 말하시네요."

"어차피 생각을 읽잖아."

"육성으로 듣는 것과 느낌이 다르다고요."

"그래, 잘됐네. 너 재수 없게 생겼다."

"흐응, 뭔가 궁금하신 게 있지 않았던가요? 자꾸 그러시면 가르쳐 주기가 싫어지는데."

"……."

그랬다. 난 이놈에게 묻고 싶은 게 있었다.

"어차피 말 안 해줄 거잖아."

"에이, 혹시 모르잖아요."

히죽거리는 아기천사.

나는 잠시 망설였다가 밑져야 본전이다 싶어 입을 열었다.

"혹시 두 세……."

"안 가르쳐 줘요."

"이 새끼야!"

나는 닐슨 H2 2정을 꺼내 난사했다. 아기천사는 눈에 보이지도 않는 속도로 슉슉 움직여 모조리 피했다.

"저 망할 자식을……!"

"농담이고요."

아기 천사는 얼굴에서 장난기를 거두고 진지해졌다.

아기 천사는 날개를 퍼덕거리며 가까이 다가왔다.

똑바로 나를 바라보며 말했다.

"당신의 생각이 맞아요."

"……!"

"키포인트를 쥐고 있는 사람은 바로 시험자 김현호 당신."

"……."

"당신의 선택에 모든 것이 달려 있습니다. 약속하죠. 시험자 김현호의 선택이 모든 것을 바꾸거나 바꾸지 않을 거예요."

파아앗!

시험의 문이 나타났다.

아기천사는 조용히 문을 가리켰다.

"가세요. 정답을 구해보세요."

"답은 하나냐?"

"글쎄요."

아기 천사가 말을 이었다.

"하지만 하나죠. 시험자 김현호는 한 사람이니까요."

"……."

차지혜가 먼저 문을 열고 들어갔다. 나도 아기 천사에게서 등을 돌린 채 뒤따라 들어갔다.

새하얀 빛이 눈부시게 시야를 물들였다.

데포르트 항구의 여관방이었다.

바깥이 소란스러웠다.

'그렇구나. 이제 막 해적을 물리친 직후였지.'

데포르트 항구 사람들은 승리의 기쁨에 도취되어 있었다.

그동안 그들을 괴롭혀 왔던 해적들을 압도적으로 물리쳤으
니 당연했다. 그간의 울분이 환희로 폭발한 셈이었다.

"시험은 확인해 보셨습니까?"

차지혜가 물었다.

"아, 확인해야죠. 석판 소환."

파앗!

석판이 소환되었다.

—성명(Name): 김현호

—클래스(Class): 4□

—카르마(Karma): +6□□

—시험(Mission): 해적군도를 토벌하라.

—제한 시간(Time limit): 364일 23시간

해적군도 토벌?

나는 다소 안심이 되었다.

"어려운 임무가 아니어서 다행이네요."

헤이싱은 물론이고 그 일당이 깡그리 죽어버렸는데, 해적단이야 문제도 아니었다.

단, 마음에 걸리는 게 있다면 리창위였다.

패배한 해적단과 함께 복귀한 헤이싱 일파를 몰살시켰다면, 리창위는 아직 해적군도에 있을 가능성이 높았다.

아니나 다를까. 길잡이 스킬이 리창위의 방향을 가리켜 주었다.

바다 쪽.

바로 해적군도가 있는 방향이었다.

"시간이 많으니 일단은 기다릴까요?"

"그게 좋겠습니다."

차지혜도 리창위가 해적군도에 있다는 것을 감안한 눈치였다.

문득 차지혜가 제안했다.

"그럼 그동안 복종시킬 맹수를 찾아보시는 게 어떻겠습니까?"

"아, 그거 좋은 생각이에요."

우리는 아만 제국에 서식하는 강한 맹수를 찾아보기로 했다.

뭐, 나선 김에 드라이브도 하고 말이다.

해적단과의 싸움에서 맹활약한 우리는 이 항구에서 아주 잘 알려져 있었다.

여관 앞에 몰려와서 영웅들을 보여 달라고 요구하는 사람들이 인산인해였다.

간신히 사람들의 출입을 금한 여관주인이 대단해 보였다.

"뒤로 살짝 나가죠."

"예."

우리는 창문을 열고 뛰어내렸다.

"실프!"

―냐앙!

소환된 실프가 차지혜와 내 몸을 하늘로 띄워 올렸다.

"어어?"

"저기 날아간다!"

"영웅님들이다!"

"어딜 가시는 거야!"

"잡아―!"

사람들이 지상에서 아우성치는 소리가 들렸다. 근데 내가 잘못 들었나? 방금 누가 잡으라고 한 것 같기도 하고.

데포르트 항구에서 빠져나온 우리는 인근에 사람이 없는 것을 확인하고 지상으로 내려왔다.

"이제 슬슬 드라이브를 해볼까요?"

"좋습니다."

실프를 쓰다듬고 있던 차지혜의 눈빛이 변했다. 역시 고양이와 자동차를 참 좋아한단 말이야.

"꺼내, MSM―2!"

파앗!

전장 3.3m, 전폭 1.84m의 콤팩트한 슈퍼카가 나타났다.

본능적으로 운전석으로 향하던 차지혜가 흘깃 나를 보더니 빙 돌아 보조석으로 이동했다.

차를 한 바퀴 돈 차지혜에게 내가 눈을 가늘게 뜨고 물었다.

"방금 자연스럽게 운전석을 차지하려 들었죠?"

"아닙니다."

"방금 차를 한 바퀴 돌았잖아요."

"차에 이상이 없는지 둘러보았습니다."

"거짓말. 시선이 운전석에 고정되어 있던데요?"

"제가 거짓말을 할 이유가 없습니다."

얼굴색 하나 안 변하는 예술적인 포커페이스.

물론 그녀의 얼굴색을 변하게 하는 게 내 요즘 취미였다.

"운전 맡길 생각이었는데 어쩔 수 없죠. 그냥 제가 할게요."

"우, 운전은 제가 해도 됩니다만."

살짝 말을 더듬는 차지혜.

"해도 된다면, 안 해도 되는 거죠?"

"제가 하겠습니다."

"아네요. 그냥 제가 할게요."

"……."

차지혜는 살짝 불만이 어린 눈빛으로 날 빤히 응시했다.

"운전하고 싶으세요?"

"……네."

비로소 순순히 인정했다.

"쓰담쓰담 한 시간."

"30분."

"역시 제가 운전할게요. 아레나의 오프로드를 질주하는 맛이 궁금해지네요."

"……좋습니다."

차지혜는 운전석에 앉았고, 나는 그 옆에서 그녀의 머리를 슥슥 쓰다듬었다.

슥슥 쓸리는 머릿결이 기분 좋다.

손맛이 참 좋다.

좀처럼 쉽게 할 수 없는 일이라서 더 각별하다니까.

내 손길에 부끄러워하던 차지혜는 이내 운전에 몰두해 버렸다.

덕분에 나는 30분이 넘었음에도 계속 쓰다듬고 있을 수 있었다. 체력보정 중급 5레벨이라 팔이 아프지도 않거든.

그렇게 얼마나 달렸을까.

이제 그만하라고 차지혜가 지적할 무렵, 나는 문득 교신기가 생각났다.

'아, 교신기로 사람들한테 물어봐야겠다.'

나는 가공간에서 교신기를 꺼내 전화를 걸었다.

수신 대상은 바로 엘프들이었다.

—음, 그러니까 이 숫자는 킴인가?

더듬더듬 당황하는 엘프들의 연장자 어머니의 목소리가 들렸다.

"예, 킴입니다."

아직도 교신기 사용법에 서투르군.

—어머, 그렇구나. 잘 지냈니?

"예, 갈색산맥은 어때요?"

—우린 늘 잘 지내지. 동족의 숫자도 나날이 늘어나고 있단다. 이쪽이 살기 좋다는 소문이 동족들 사이에서 돌고 있거든.

"그렇군요. 다행입니다."

—이게 다 킴 덕분이지. 그런데 무슨 일이니?

"안부도 여쭐 겸 궁금한 게 있어서 연락드렸습니다."

—그래, 언제든 물어보렴.

"갈색산맥에 서식하는 강한 맹수 없나요? 괴물들 말고요."

—물론 있지.

"뭐죠?"

—갈색산맥 최남단 지역에 갈큇발 독수리들이 서식한단다.

"갈큇발 독수리요?"

"아레나에서 가장 사나운 맹금류 짐승입니다. 괜찮군요."

옆에서 차지혜가 말했다.

"그럼 그리로 가죠. 차로 달리면 금방일 거예요."

"좋습니다."

먼 길인데 차지혜는 좋아하는 기색을 아주 살짝 내비쳤다. 운전을 실컷 하게 돼서 그런 듯했다.

"조만간 갈색산맥에 들를게요."

—어머, 그러니? 잘됐다!

연장자 어머니는 대단히 반가워했다. 나 또한 가슴이 따뜻

해졌다.

아무 계산 없이 날 환영해 주는 곳이 있다는 건 참 좋은 일이었다.

*　　　*　　　*

교대로 운전하면서 내내 대륙을 질주했다.

도중에 괴물들을 만날 때마다 족족 총으로 쏴 죽여서 연료로 쓸 마정을 확보해 두었다.

타이어도 특수한 재질로 된 건지, 울퉁불퉁한 오프로드를 질주하는데도 타이어는 좀처럼 상하지 않았다. 122억이나 하는 슈퍼카니 이 정도는 해야지.

국경을 넘을 때는 차를 가공간에 넣어두고 실프로 하늘을 날아서 껑충 건너뛰었다. 그리고는 다시 차를 꺼내 타고서 질주.

우리는 무려 보름 만에 대륙 남쪽에 위치한 갈색산맥에 이르렀다.

"엇? 킴?!"

"킴이군! 잘 있었나?"

갈색산맥에 이르자 영역을 순찰하던 남성 엘프들이 반겼다.

엘프들과 수년간 함께했던 터라 다들 아는 얼굴이었다.

소나무 마을, 단풍나무 마을, 측백나무 마을을 잇달아 돌며 인사를 하다가 마침내 느티나무 마을에 도착했다.

"실프, 카사!"

—낑!

—왈!

"자, 뛰어놀아!"

두 정령이 쏜살같이 마을 안으로 들어갔다.

마을의 엘프들 사이에서 난리가 났다. 귀엽다, 상급 정령이다, 킴의 정령이다 등 다양한 찬사가 터져 나왔다.

어린 엘프들이 실프와 카사 뒤를 우르르 쫓아갔고, 어른 엘프들은 우리를 맞이했다.

"킴!"

"아예 돌아온 거야?"

"아내도 함께 왔군."

"음? 아내가 하나 더 있지 않았던가?"

엘프들과 실컷 인사를 나누다가 어머니들에게 갔다.

"왔구나."

연장자 어머니가 대표로 차분하게 반겨주었다.

"죄송합니다. 아예 온 건 아니고, 갈큇발 독수리를 몇 마리 포획하는 게 주목적이라서……."

"그래, 킴이니까 문제없겠지만 그래도 조심하렴. 대단히 강하고 흉포한 짐승이니까."

"예."

"그런데 네 안에 깃든 자연의 기운이 매우 커졌구나. 상급 정령술을 터득했니?"

"예, 운이 좋았습니다."

"대단하구나! 우리 엘프들도 너처럼 정령술이 빨리 늘지 못하는데."

어머니들의 얼굴에 감탄과 경악이 어렸다.

본격적으로 어머니들의 수다가 시작되었다.

갈퀏발 독수리에 대해 어머니들이 너도나도 하나씩 지식을 덧붙였다.

정신이 하나도 없었지만 덕분에 많은 사실을 알 수 있었다.

갈퀏발 독수리는 비행형 괴물들을 제외하면 가장 몸집이 큰 맹금류라고 한다.

갈퀏발이라 이름 붙여진 이유는 바로 길고 날카롭고 단단한 발톱 때문. 놈들에게 붙잡히면 웬만한 맹수들도 살점이 통째로 뜯겨져서 즉사한다고 한다.

암수 한 쌍이 함께 평생을 살면서 새끼들을 키운다. 암수 한 쌍이 함께 사냥을 하면 웬만한 대형 괴물도 사냥한다고.

'한 놈만 잡으면 남은 가족들이 불쌍해지겠구나.'

나는 암수 한 쌍과 새끼들을 통째로 포획하기로 마음먹었다.

"일단 가보죠."

"예."

웬만한 괴물도 사냥할 정도로 강한 갈퀏발 독수리들이 나에게 길러지면 어떻게 변할까?

내 성장촉진 마스터에 의해 몸집이 3배로 커지면서 힘도 3배 이상이 되겠지.

그만하면 웬만한 시험자들도 업신여길 수 없는 수준이리라!

차지혜와 나는 갈색산맥 남부를 향해 걸었다.

오랜만에 갈색산맥의 숲 속 풍경이 펼쳐지자 기분이 좋았다.

생명의 나무들이 세 그루나 있는 대자연 속에 들어와서 그런지도 모르겠다.

실제로 다른 곳에 있을 때보다 내 체내의 자연의 에너지가 충만해졌으니까.

한참을 걸은 끝에 우리는 갈큇발 독수리들의 서식지에 도착할 수 있었다.

"삐이익—!"

"삐이이익—!"

흔히 들었던 매의 울음소리와 비슷한 소리가 쩌렁쩌렁하게 하늘을 울렸다.

좋은 사냥감을 발견했다는 듯이 너도나도 덤벼드는데, 그냥 실프를 시켜 싹 다 잡아버릴까 하다가 참았다.

'온 가족을 통째로 잡아야 하니까.'

아버지나 어머니가 사라지면 남겨진 새끼들이 불쌍하지 않은가.

어릴 적에 아버지를 여의어서 그런가, 나는 그런 쪽으로 참 관대한 것 같단 말이야.

나는 실프를 시켜서 강력한 회오리로 우리를 둘러싸 보호하게 했다.

갈큇발 독수리들은 회오리에 접근할 엄두를 못 내고 물러섰다.

나는 차지혜를 보며 말했다.

"둥지를 찾으러 가볼까요?"

"예."

우리는 갈큇발 독수리의 둥지를 찾아 나섰다.

보통 둥지를 절벽의 돌출된 바위틈에 짓는다고 했으니 그쪽으로 찾아가 보면 되겠지.

우리는 여유롭게 사냥에 나섰다.

둥지는 찾기 쉬웠다.

절벽이 있는 지형에 이르자 녀석들의 덩치만큼이나 큼직한 둥지가 여기저기 보였기 때문이다.

애당초 천적이 없는 녀석들이라 둥지도 저렇게 대놓고 짓는 모양이었다.

둥지들이 모여 있는 곳에 도착하자 갈큇발 독수리들은 더욱 사나워졌다.

"삐이이이이익!!"

"삐이이익—!!"

차마 우리를 둘러싸고 있는 회오리에는 접근을 못하고 맴도는 갈큇발 독수리들.

둥지 하나에 도착하자 유독 두 마리가 더 크게 소리를 질러 대는 것이었다.

"이 둥지의 주인인 모양입니다."

차지혜가 말했다.

"그래 보이네요."

둥지에는 차지혜의 머리와 크기가 비슷한 하얀 알이 4개 있었다.

저 두 마리는 이 알들의 부모인 모양이었다.

"실프, 저 두 마리를 잡아와. 다치지 않게 생포하고."

—냐앙!

실프가 바람처럼 날아갔다.

실프가 내뿜은 바람이 암수 한 쌍의 갈큇발 독수리를 에워쌌다.

"삐이이익!"

녀석들은 맹렬하게 저항하며 몇 번이고 바람의 막을 찢어발기며 저항했다. 과연 최강의 맹금류라 칭송받을 만했다.

하지만 상대가 좋지 않았다.

바람을 타고 날아야 하는 새들에게 바람의 정령인 실프는 천적이나 다름없었다.

내가 대략적인 개념을 머릿속으로 전달하자, 실프가 실행에 옮겼다.

바람의 흐름을 조작해 갈큇발 독수리들이 날갯짓으로 비행 상태를 유지할 수 없게 만든 것이다.

박차고 뛰어올라야 하는데 발판을 빼버린 격이랄까?

결국 격렬하게 저항하던 암수 한 쌍이 아래로 추락했다.

이때다 싶어 나는 두 녀석을 향해 소리쳤다.

"동물조련!"

이렇게 사용하는 거 맞겠지?

그런데 갈큇발 독수리들은 계속 완강하게 저항하는 것이었다.

'안 통하나?'

스킬이 왜 안 먹히지 싶어서 나는 의아해졌다.

"제압해서 힘의 우위를 보여야 복종하지 않겠습니까?"

"그럴까요?"

그녀의 의견대로 일단은 이놈들을 완전히 제압하기로 했다.

바람의 가호를 펼쳐서 주먹을 뻗자 권풍이 갈큇발 독수리 하나를 강타했다.

"삐액!"

놈의 고개가 힘껏 옆으로 돌아갔다.

그렇게 나는 한동안 두 갈큇발 독수리를 두들겨 팼다.

푸드덕거리며 날아오르려 할 때마다, 실프를 시켜서 도로 내리누르며 계속 구타!

한참을 팬 끝에 녀석들이 기진맥진했을 때, 나는 다시 동물 조련을 펼쳤다.

그러자 거짓말처럼 놈들의 저항이 멈췄다.

"누워."

한번 명령을 해보았다. 그러자…….

몸길이 120㎝가 넘는 커다란 두 맹금이 벌러덩 옆으로 누웠다.

'헐.'

드디어 동물조련 스킬이 먹혀들었음을 확인한 순간이었다.

"걸어와."

암수 한 쌍의 갈큇발 독수리가 뒤뚱뒤뚱 걸어왔다.

손을 뻗어 머리를 쓰다듬자 순순히 머리를 내민다. 보다 덩치가 큰 쪽이었는데 얘가 수컷인 듯했다.

차지혜도 무심코 암컷에게 다가가 쓰다듬으려다가 격렬한 저항을 받았다.

부리로 쪼려는 것을 황급히 물러나 피한 차지혜였다.

차지혜는 또 나를 빤히 쳐다보았다.

"내 허락 없이 사람을 해치면 안 돼."

단단히 주의를 주었다.

동물조련 중급 5레벨. 웬만한 커뮤니케이션은 전부 전달되는 레벨이었다.

차지혜가 다시 시도하자 이번에는 저항을 하지 않는 암컷 갈큇발 독수리였다.

차지혜의 눈빛에 미세하게 만족스러운 기색이 띠었다.

동물은 다 좋은가 보구나.

"너희의 둥지가 이거지?"

둥지를 가리키며 묻자 두 갈큇발 독수리가 고개를 끄덕였다.

그럼 이 4개의 알도 이 암수 한 쌍의 새끼란 뜻이렷다.

'아직 부화 안 한 새끼들까지 전부 거두면 6마리군.'

동물조련 중급 5레벨로 복종시킬 수 있는 동물의 숫자는 총 10마리.

그 이상은 동물조련 스킬이 적용되지 않는다는 뜻이었다.

"알 2개를 낳은 갈큇발 독수리들을 찾아봐야겠네요."

"친절하십니다."

"아하하, 가족들이 떨어지면 불쌍하잖아요."

일단 처음 복종시킨 갈큇발 독수리 수컷과 암컷은 첫째와 둘째라고 지었다.

"첫째와 둘째입니까."

어쩐지 내게 실망한 듯한 차지혜의 목소리였다.

"죄, 죄송해요. 제 작명센스가 영……."

"제게 죄송할 것 없습니다."

"그, 그래도 죄송해요."

"제가 사과받을 이유는 없다고 생각되지만, 정 그렇다면 데 포르트 항구로 돌아가는 길에 운전은 제가 하겠습니다."

"그러세요."

어쨌거나 아직 부화하지 않은 알 네 개도 셋째~여섯째로 이름을 지어놓았다. 부화하는 순서대로 이름 지어야지.

실프를 시켜서 절벽의 둥지들을 쭉 훑어보고 알 2개가 있는 둥지를 찾아냈다.

같은 방법으로 갈큇발 독수리 암수 한 쌍을 복종시키고 알 2개를 챙겼다.

새로운 가족에게는 수컷, 암컷, 알 2개의 순서로 일곱째~열째로 명명했다.

그렇게 총 10마리가 보였다.

그중 아직 태어나지 않은 알 6개는 이번 시험 동안 천천히 부화시킬 생각이었다.

*　　　　*　　　　*

갈큇발 독수리들은 짝짓기 시즌과 알의 부화 시기가 거의 일치한다.

느티나무 마을의 어머니들은 내가 가져온 알 6개를 보더니 1개월 이내에 모두 부화할 것 같다고 말했다.

그래서 우리는 일단 모두 부화할 때까지 갈색산맥에서 엘프들과 지내기로 했다.

차지혜는 주로 내가 복종시킨 갈큇발 독수리들과 놀며 시간을 보냈다.

하지만 그나마도 지루해지자 생명의 나무 위에서 벌어지는 엘프들의 술래잡기 놀이로 시선을 돌렸다.

"현호 씨가 도입한 훈련이라는 것이 사실입니까?"

"예, 실은 그냥 어린 엘프들과 놀아주려고 알려준 건데, 효과가 좋다고 엘프들의 정식 훈련 종목으로 채택됐어요."

그리고 언데드 군세와 싸울 때 엘프들은 그 독특한 훈련의 효과를 톡톡히 보았다.

"저도 같이하겠습니다."

"괜찮으시겠어요?"

"물론입니다. 체력보정 상급 1레벨로 이곳의 누구보다도 육체적인 조건이 좋은 저입니다."

"그럼 그러세요."

우리는 인공근육슈트를 벗고 성인 엘프들과 함께 술래잡기 훈련에 끼어들었다.

차지혜는 갈색산맥에서 가장 우월한 신체가 무색하게도 술래잡기에서 죽을 쒔다.

아무래도 생명의 나무 위라는 특이한 지형을 활용하는 동작과 균형감각에서 노련한 엘프들을 따를 수 없었기 때문이다.

나는 어떠냐고?

체력보정 중급 5레벨.

운동신경 마스터.

동체시력 마스터.

더 말해 뭐하겠는가?

심지어 상급 정령술로 인해 대자연의 기운이 충만한 탓에 내 육체능력은 차지혜를 능가할 정도였다.

아무도 나를 잡지 못했고, 덕분에 나는 차지혜와 반대로 한 번도 술래를 하지 않았다.

차지혜는 독이 올랐는지 밤낮을 가리지 않고 생명의 나무에서 훈련을 했다.

그게 효과가 있었는지 보름째에 접어들자 점차 차지혜가 술래에게 붙잡히는 빈도가 줄었다.

물론 체력보정 상급 1레벨이라는 압도적인 신체조건이 있었기에 가능한 일이었다.

그렇게 1개월이 흐르자 어머니들의 추측대로 알들이 부화했다.

셋째부터 여섯째까지, 그리고 아홉째와 열째가 줄줄이 부화했다.

아무런 저항력도 없는 새끼들이었기에 나는 어렵지 않게 복종시킬 수 있었다.

그렇게 동물조련 중급 5레벨의 한계까지 10마리의 갈큇발 독수리가 생겼다.

다만 문제가 있다면 6마리의 새끼가 모두 날지 못하고 무기력하다는 것.

"날 수 있을 정도로 성장할 때까지 얼마나 시간이 걸릴까요?"

내 물음에 연장자 어머니가 답했다.

"부화하고 1개월은 지나야 나는 연습을 시킬 정도가 될 거란다."

"으음……."

나는 잠시 고민해 보았다.

이대로 10마리를 전부 가공간에 넣어버리고 데포르트 항구로 돌아가도 된다. 하지만 거기까지 돌아가는 데 족히 보름은 걸린다.

그것도 MSM−2라는 슈퍼카를 타고 종일 밟아댔기에 가능한 말도 안 되는 속도였다.

'그 보름간 새끼들이 더 성장할 수도 있는데 가공간에 넣어두기만 하면 시간이 좀 아깝지.'

새끼들이 날 수 있게 되면 가공간에 넣어놓지 않아도 된다. 날아서 따라오게 하면 되거든.

그럼 돌아가는 길에도 새끼들이 더 성장하게 되는 것이다.

나는 차지혜에게 의견을 말했다.

"새끼들이 날 수 있게 될 때까지 좀 더 머무르는 게 어떨까요?"

"예, 저는 상관없습니다. 해적군도는 언제든 토벌할 수 있으니 서두를 필요도 없고 말입니다."

"그럼 그렇게 해요."

그렇게 우리는 좀 더 갈색산맥에서 지내기로 했다.

엘프들과 함께 지내는 동안, 두 쌍의 부모 갈큇발 독수리는 뼈 빠지게 사냥을 해왔다.

간신히 걷기만 할 수 있는 6마리의 새끼는 부모가 먹잇감을 잡아올 때마다 아귀 떼처럼 달려들어 먹어치웠다. 정말 전투적으로 먹어치워서 살벌하게 느껴질 정도였다.

'동물조련 스킬을 익혀서 다행이군.'

갈큇발 독수리 새끼들은 먹이를 두고 서로 싸워서 죽이는 일도 빈번하다고 했다.

소름 끼치게도 부모는 태연자약하게 죽은 새끼의 시체를 살아남은 새끼에게 먹인다나?

다행히 동물조련 중급 5레벨 덕분에 나는 부모와 새끼들에게 명령을 내려 질서를 확립할 수 있었다.

두 쌍의 부모는 누구 새끼냐를 구분하지 않고 사냥해 온 먹이를 6마리에게 먹였다.

그리고 6마리의 새끼는 서로 싸우지 않고 식사를 했다. 물론 식사 속도로 경쟁을 하긴 했지만 말이다.

그런데 불과 일주일쯤 지났을 때였다.

무럭무럭 자란 새끼들이 너도나도 날갯짓을 하며 푸드덕푸드덕 날아오르려는 시도를 하는 것이었다.

이를 보고 두 쌍의 부모는 새끼들에게 비행을 가르치게 되었다.

'성장촉진 스킬 때문이군.'

합성해서 만든 스킬인 성작촉진 마스터.

성장속도를 비약적으로 향상시키며, 성장한계치의 3배까지 더 성장시킬 수 있다.

그 스킬 덕분에 새끼들이 비정상적으로 빨리 성장한 것이다.

엄청난 성장속도 때문에 먹잇감도 더 필요해졌다.

두 쌍의 부모는 새끼들 비행 가르치랴 먹잇감 조달하랴 정신이 하나도 없었다.

나는 한숨을 쉬며 명령을 내렸다.

"비행을 가르치는 데 집중하도록 해. 먹이는 내가 조달해 줄 테니까. 새끼들도 비행 연습 열심히 하고."

"삐이익!"

"삐익!"

"삐이이익!"

알았다고 대답까지 하는 갈큇발 독수리들.

나는 실프에게 사냥을 시켜서 먹잇감을 조달하기 시작했다.

남성 엘프들도 정찰을 하다가 만난 산짐승을 잡아다가 선물해 주기도 했다.

먹잇감이 풍부하게 조달되자 갈큇발 독수리들 10마리는 그야말로 폭풍성장을 했다.

왜 10마리냐고?

—성장촉진(합성스킬): 키우는 동물의 성장을 촉진시켜 더 빠르게 더 크게 합니다. 레벨에 따라 성장속도가 달라집니다.

＊마스터: 성장 한계치의 3배까지 성장시킬 수 있습니다. 성장기가 끝난 동물에게도 적용됩니다.

바로 이것.

성장기가 끝난 동물에게도 적용되는 성장촉진의 효과 때문이었다.

이미 성체인 두 쌍의 부모까지 먹이를 실컷 먹으며 성장한 것이다.

스킬대로라면, 일반적인 갈큇발 독수리의 3배까지 덩치가 커질 터였다. 그쯤 되면 대형 괴물 수준이겠군.

1개월이 지나자 새끼들은 자유자재로 비행하는 경지에 이르렀다.

내가 열심히 연습하라고 했던 지시를 충실히 따른 덕분이었다.

"이제 그만 가보겠습니다."

"또 올 거지?"

연장자 어머니가 몹시 서운한 얼굴로 물었다. 난 웃으며 고개를 끄덕였다.

"예, 보고 싶으시면 언제든 교신기를 쓰십시오."

"그래, 조심해서 가보렴."

"예."

우리는 다시 길을 떠났다.

데포르트 항구를 향해 질주하는 슈퍼카의 상공 위를 10마리의 갈큇발 독수리가 우아하게 날며 뒤따랐다.

『아레나, 이계사냥기』 7권에 계속…

FUSION FANTASTIC STORY

미더라 장편 소설

ODD LAWYER

Devil's Balance

괴짜 변호사
악마의 저울

『즐거운 인생』 미더라 작가의
2015년 대작!

현직 변호사, 형사, 프로파일러, 범죄심리학 전문가 자문으로
현장의 생생함을 그대로 담아낸 현대 판타지!

『괴짜 변호사 : 악마의 저울』

"제가 왜 한 번도 패소한 적이 없는 줄 아십니까?"

"……."

"저는 법으로만 싸우지 않거든요."

법의 칼날 위에서 춤추는 자들과의
치열한 공방이 펼쳐진다!

Book Publishing CHUNGEORAM